Best Time

白马时光

CODE

密码游戏

GAME

高级鱼 著

天津出版传媒集团
百花文艺出版社

图书在版编目（CIP）数据

密码游戏 / 高级鱼著 . — 天津 : 百花文艺出版社，2022.3

ISBN 978-7-5306-8252-4

Ⅰ . ①密… Ⅱ . ①高… Ⅲ . ①长篇小说－中国－当代 Ⅳ . ① I247.5

中国版本图书馆 CIP 数据核字（2022）第 026718 号

密码游戏

MIMA YOUXI

高级鱼　著

出 版 人：薛印胜

责任编辑：胡晓童　　**封面设计：**MM末末美书 QQ:974364105

特约策划：孙　岩

出版发行：百花文艺出版社

地址：天津市和平区西康路 35 号　**邮编：**300051

电话传真：+86-22-23332651（发行部）

+86-22-23332656（总编室）

+86-22-23332478（邮购部）

主页：http://www.baihuawenyi.com

印刷：三河市兴博印务有限公司

开本：880 毫米 ×1230 毫米　1/32

字数：160 千字

印张：7.75

版次：2022 年 3 月第 1 版

印次：2022 年 3 月第 1 次印刷

定价：49.80 元

如有印装质量问题，请与三河市兴博印务有限公司联系调换

地址：河北省廊坊市三河市杨庄镇大窝头村西

电话：0361-5166530

邮编：065299

目　录

Contents

目　录
Contents

第一章

“3”

“3”——电脑屏幕上显示着这个阿拉伯数字，白色背景，黑色字体，占满了整个屏幕。

“这是什么？”罗维眯着眼睛看着屏幕。他顺手移动了一下鼠标，屏幕上的“3”立刻消失了，随即跳转到了另一个页面：

刚刚显示的数字是您所持有的密码数字，为了防止该数字被泄露，包括您和管理员在内的任何用户都将无法再次查看该数字，因此请您务必牢记此数字！您是10位玩家中第一位获得密码数字的，因此您所持有的密码数字对应的序号为“1”。

罗维一脸疑惑，他只是因为好奇在群里打开了群主发的一个链接。

“什么意思？相亲游戏吗？”他嘀咕着。

这时群消息又弹出来了，是群主黄油发来的：

恭喜！10位玩家获得了参加本次《密码游戏》的资格，他们的昵称分别是：

【星氧】1号

【Yaran】2号

【麦芽妹】3号

【四明】4号

【林忠寒】5号

【如果能重来我要选摩杰】6号

【407299】7号

【格桑紫玲】8号

【A金灿灿房屋咨询顾问梁雨】9号

【六明】10号

请以上10位玩家抓紧时间进入游戏官网进行身份和银行卡认证，认证成功后即可参与游戏！

随后，群主又发了一个游戏官网的链接。

“嗯……要不要进呢？”罗维一边考虑着点击链接的后果，一边点进了那个链接。

还是刚刚那个网站，这次页面上写着：

恭喜您，星氧！您获得了参加游戏的资格。

请在下面的表单中输入您的姓名、开户银行和银行卡号，我们将在极短的时间内向您的银行账户汇款 100 万元人民币作为您参加本次《密码游戏》的游戏资本。

“一看就是假的啊！”罗维冷笑了一声，然后输入了自己的姓名和银行信息。

“反正只是卡号，又不输入密码，就看看这个骗子网站到底搞什么花样吧。”按下回车键后，罗维盯着手机看了 20 分钟，什么事都没发生。于是罗维又开始浏览群里的历史消息。他非常好奇，这个群的群主到底是什么人。

罗维今年 24 岁，男，无业，利己主义，3 个月前加入这个叫“密码游戏”的群。他是个解谜爱好者，这个群的名字吸引了他，本以为是某个新建的解谜游戏互动群，结果进去之后根本没人谈论游戏的事，反而变成一个联谊相亲群。群里 400 多个人，整天都在聊家长里短的八卦和组局。无所事事的罗维偶尔也参与一些闲聊，虽然没和群里的人见过面，但认识了群里一个叫 Viola 的女网友。

Viola 从没公开过任何照片，但见过她真人的群友都说她非常漂亮。罗维也想一睹芳容，但他懒得参加群活动，只想在网上套出她的自拍，这是罗维一直没退群的主要原因之一。

另一个主要原因，罗维还是期待着这个游戏规则的正式发布。之所以还在期待，是因为这个群的群主——黄油。黄油的个人主页什么都没有，在群里也从来不说话，只是偶尔发表群公告，都是“密码游戏的官网即将正式发布”“请耐心等候”这样的内容，哪怕群里根本没人关心这个游戏，除了罗维，他对这个群主和游戏内容都非常好奇。

突然，罗维的手机响了，是一条短信：

【XX银行】匿名用户已向您的账号汇款1000000.00元人民币，请注意查收。

罗维数了一下位数，然后拿着手机沉默了3分钟……

“哈哈哈哈哈哈哈！”罗维突然放声大笑，不停地笑。

隔壁的室友一拳打在墙壁上吼道：“吵毛啊！”

罗维回过神来，表情变得严肃起来，马上回到了群主发的官网。

“游戏规则呢？”罗维用肉眼在屏幕上搜索游戏规则的关键字。为了这个神秘的规则，他等了3个月了。

很快，罗维在官网首页找到了游戏规则的简介：

密码游戏规则说明

本次密码游戏共10位玩家参与，每位玩家都拥有0-9中的一个数字，且所有玩家拥有的数字都不相同，即都是唯一的。

游戏期限为一周7天，从11月22日0点开始，到7天后的0点（11月29日）结束；在游戏期限内，任一位玩家在游戏官网首页的密码锁中输入最终的10位数密码，即成为唯一获胜者。

最终密码是所有玩家拥有的数字按对应玩家的入场序号顺序排列的组合。

最终获胜的玩家将获得1000万元人民币的奖励！

在页面底部，有个金色巨大的密码锁，上面显示着10个数字空位，以及一个“确认解锁”的按钮。

页面的最上方，有一个秒表倒计时，显示着“6天23时29分54秒”，并且秒数在不停地减少。

罗维看了看时间，11月22日，0点30分——也就是说，游戏已经开始了。

短短几行的规则，罗维反复阅读了好几遍。

“这规则真是简单粗暴。”罗维在脑中自语。

“先不管规则，也不管主办方的脑洞，即使现在退出游戏，我仍然可以拿走100万元，且不用负任何法律责任吧……如果我们10位玩家全都选择退出游戏，那么即使没有获胜者，主办方也要白赔1000万元。主办方花这么大血本举办这次游戏的目的是什么？”

罗维暂时还无法解答这个问题。

“再想想游戏规则。每个人都持有一个唯一的数字……我的数字应该就是之前看到的那个‘3’。而我的序号是第一位，也就是说，最终密码可以确定是一个以‘3’开头的10位数的密码，即3×××××××××。我现在登录的是我自己的账号，但在网页上任何地方都找不到重新查看这个数字的方法，想必其他玩家也一样找不到。所以，想要知道剩下的9个数字，必须让其他9位玩家自己说出来……这是要让我们和自己的竞争对手合作的意思吗？”

这时罗维突然发现首页的规则下面还有一段小字：

规则补充：

1.如果玩家在未填写完所有数字的情况下点击【确认解锁】按钮，系统会告知玩家当前已填写的数字是否正确。如果有数字不正确，则系统会扣除一次玩家的尝试机会。每位玩家都有两次尝试机会。如果尝试机会用完，玩家将被淘汰出局；如果数字正确，则不会扣除玩家的尝试机会，且系统会记录该玩家已经破解的密码数字的个数，作为该玩家当前的分数。

2.如果游戏时间结束时仍没有玩家正确输入全部数字，则得分最高（不低于2分）的玩家为获胜者。如果最高分数的玩家有多个，则最先达到该分数的玩家为获胜者。

3.所有玩家行动必须遵守法律，游戏过程中不能对任何人使用暴力、威胁恐吓等违法行为。

4.本条规则将于11月23日0点公布。

罗维心想：原来是这样！也就是说，只要有人掌握了两个以上的数字，就一定会有人获胜。这样的话，玩家参与游戏的积极性就会大大增加，果然主办方还是想到这一点了。对了，看看群里怎么说。

罗维又拿起手机点开群消息，这时他发现自己被拉进了一个新的群，群名叫“密码游戏玩家组”，群里的用户就是参与这次密码游戏的10位玩家。而将罗维拉进群的是群主——林忠寒。

林忠寒：你们都收到了汇款吗？

格桑紫玲：收到了。

A金灿灿房屋咨询顾问梁雨：嗯。

四明：我收到了。

林忠寒：还有人呢？ @Yaran@如果能重来我要选摩杰@麦芽妹@星氧@六明@407299

林忠寒：你们都收到了汇款和数字吗？

四明：估计都还在开心呢，没空理你。

Yaran：我也收到了，哈哈。

Yaran：我现在都不敢相信。

Yaran：怎么跟我妈说这事呀！

罗维看着聊天记录思考着，并没有马上回答。

“这个林忠寒，之前在大群经常看他发言，很多‘面基’局都是他发起的，是群里最活跃的几个人之一。他主动建了这个群，看来他一定是选择参加游戏了。10位玩家的选择是根据我们自己主动进入官网的顺序决定的，所以群里的10个人现在一定全部在线。选择沉默的人要么还没反应过来，要么已经放弃游戏拿钱走人，要么就是在思考该如何回答。”罗维心想。

“当然，对我来说选择拿钱走人的人越多越好。”这么有意思的游戏，罗维是一定要参加的。

11:35

林忠寒：@所有人 我觉得我们10个有必要碰个面谈谈，你们觉得呢？

11:40

林忠寒：我知道你们都在线。

四明：明天中午吧，你选个地方。

星氧：同意。

11:47

林忠寒：那好，那就我来定吧。

林忠寒：明天下午1点，老地方，到朝阳路109今羽茶馆会面。

林忠寒：既然你们都不说话，那么明天没来的人，我们就默认视作放弃比赛，没问题吧？

Yaran：没问题啊，我肯定会到。

（10分钟后，除了六明和407299没有说话，其他人都表示自己明天会赴约。）

罗维心说：看起来林忠寒至少跟四明和Yaran之前有过交识。

可惜这10个人中除了林忠寒，我一个都不认识；想必他们也不认识我，毕竟我在群里基本上不发言。之后的行动恐怕会比较吃亏。这个游戏规则非常简单，但仔细思考还是能发现很多陷阱，尤其是还有一条未公布的规则，今天晚上得先整理好已知的信息。

突然群里刷新了一条消息，是六明发出来的。

六明：大家好，我明天还要上班，游戏我就不参与了，我决定现在就退出。

六明：我的密码数字是5。祝大家玩得开心！

（六明已退出群聊）

看到这条消息，罗维的眼神凝聚了起来……

第二章

茶会

11 月 22 日（星期一），下午 1 点，今羽茶馆二楼。

包厢很大，灯光很亮，中间有个巨大的古风的圆桌，看起来像个会议室。已经有 7 个人到了，除罗维外还有 3 男 3 女，每个座位前都摆着编号。室内开着暖气，大家都把外套挂在了靠背上。

林忠寒说：“既然 Yaran 没回我消息，那我们就不等她了。在座的各位都是决定参加游戏的吧。每个人都自我介绍一下呗！”

坐在中间的人是林忠寒，中长发男，个子很高，穿着黑色高领毛衣，看起来 30 多岁，留了点儿胡茬儿。

“顺便说一下，如果有人想退出游戏现在也可以说。”林忠寒环顾了一下，继续说，“那么从第一个到的麦芽妹开始吧。”

3 号位眼镜女：“呃……我是麦芽妹，23 岁，还在读研。这是我第一次‘面基’（网络流行词，此处指普通网友线下见面），所以有点儿紧张，不好意思啊！”

罗维内心：你把这叫“面基”？

4号位微胖眼镜男：“顺时针吗？OK，大家好！我是四明，你们可以叫我阿呆，我本名叫赵俊，20岁，现在一边读大二一边“搬砖”，我的专业是土木工程。”

罗维内心：这么多名字谁记得住。

5号位林忠寒：“我是群主林忠寒，35岁，现在在一家外企做软件工程师。”

6号位肌肉男：“我是如果能重来我要选摩杰，33岁，是个网络作家。”

罗维内心：写网文的怎么练这么多肌肉？

四明说：“你ID（账号）太长了吧。”

摩杰的表情很严肃：“你们可以简称‘摩杰’。”

8号位穿着时尚的长发女：“我是格桑紫玲，27岁，赛车手，很高兴认识大家。”说完格桑紫玲很甜地笑了笑。

罗维内心：这应该是在座颜值最高的了吧。

四明道：“哇！”

9号位面无表情的短发女：“我是梁雨，26岁，是房产销售。”

罗维内心：这个人的网名才是真的长。

轮到罗维了。“我……我是……喀喀喀……嗯，我是星氧……”罗维穿着卫衣，戴着口罩，尽管他根本不是结巴，也没有生病，“喀喀喀……呃……我是……2……24岁，开网……网店的。”罗维在展示着他的演技。

林忠寒："嗯……你没事吧朋友？"

罗维一边咳嗽一边摇手。

林忠寒："那好吧。所有人都介绍完了，那我们回到刚刚的话题。"

"不好意思，我来晚啦！"一个非常漂亮的双马尾女生突然提着塑料袋冲进来，大家都看着她。

四明道："哇！"

"对不起啊寒叔，还有各位，现在才到，刚刚地铁太堵了！"双马尾说着从袋子里掏出几个小盒的蛋糕。

罗维内心：地铁太堵？

林忠寒说："没事没事，来得正好，我们还没开始。"

"哈哈！那就好！"双马尾把蛋糕一个个递给每个人，然后坐到了罗维旁边的2号位上。

已经开始收买人心了，可惜送蛋糕太幼稚了。罗维这样想着。

麦芽妹看着林忠寒和四明说："这位是？"

林忠寒对双马尾说："你也自我介绍一下吧。"

2号位双马尾说："好！大家好，我是Yaran，张亚然，19岁，现在是一个甜品店老板。今天迟到了真是很对不起，所以我从店里选了几个蛋糕送给大家作为补偿。"

罗维内心早已看穿：你明显是因为准备蛋糕才迟到的，看来是个非常不善于撒谎的选手。

林忠寒："8个人都到了，那就继续那个话题吧。"所有人的表情都严肃起来。

林忠寒："你们昨天试过了吗？"没有人回答，安静持续了一会儿。

张亚然突然转过头看着罗维，罗维一惊。

张亚然小声问罗维说："他说什么？试过什么了？"

罗维俯身过去，低声回答："10号的数字。"说完罗维用大拇指指了下旁边空着的10号座位，然后又咳了两声。

张亚然反应过来了。

凌晨的时候群里的六明公开了自己的数字然后退群了。

格桑紫玲："没有人会试吧，毕竟谁都不知道他说的是不是真的。"

罗维心里说道：的确，根据游戏规则每个人都只有两次试错的机会，而10号位玩家六明可能并不是真心想退出游戏，公开一个假的数字让其他玩家输入，便可减少别人的试错机会，提高自己的优势。看样子所有人都想到了这一点。

麦芽妹："如果是假的，那他人品也太差了吧。"

格桑紫玲："如果给你1000万元让你出卖9个不认识的人，你会不心动吗？况且这就是游戏的规则。"所有人都沉默了。

林忠寒："没错，这个游戏如果你想获胜，骗人是免不了的。我不喜欢骗人，但既然我决定参与，我就会严格遵守游戏规则。"林忠寒严肃地看着麦芽妹，"怎么样，你还决定继续参与游戏吗？"

一脸稚气的麦芽妹眼神下瞄，不知道怎么回答。

林忠寒："我们每个人都已经拿到100万元了，拿这笔钱去找个好的投资项目，之后也能过上富足的日子。虽然说这话的我也是希望竞争对手越少越好，但对不喜欢游戏规则的人来说，现在退出确实是聪明的选择，你们可以多考虑一下。”

罗维内心：这话说得挺明的，看来群主林忠寒是一定会坚持到最后了。

麦芽妹思考了一会儿，抬头对林忠寒说：“我想试试，我决定还是继续参与，可能让你失望了。”

林忠寒笑了笑：“没关系，我也是个喜欢挑战的人！”

罗维内心：我欣赏这个群主。

一个服务生走了进来，给每个人都端上了一杯热茶。

林忠寒抿了一口茶：“对了，阿呆，有个问题一直想问你。”

一直在吃蛋糕的四明突然抬头：“你说。”

林忠寒问：“10 号的网名叫六明，你的网名叫四明，你们是认识的吗？”

四明扶了扶眼镜：“他是我哥啊！”

所有人的目光都看着 4 号位的四明。

四明：“但我跟他关系不好，而且很久都没联系了。”

林忠寒：“你有他的联系方式吗？”

四明：“有啊！”

林忠寒问：“我们都需要他的联系方式，能给我们吗？”

四明反问：“你没有吗？不是你把他拉进小群的吗？”

林忠寒：“并不是，拉我们进小群的是大群的群主黄油，他拉我们进来后把群主身份让给了我，然后就退群了。我问过黄油，他说根据主办方的规则，不能透露其他玩家的联系方式。”

罗维一开始进的400人的群名字叫“密码游戏参赛预选群2群”这样的预选群一共有4个，而10位参与游戏的玩家，只有林忠寒、四明、Yaran和罗维来自同一群。

四明迟疑了一会儿：“这样吧，我问问他，看他愿不愿意吧。”

罗维内心：看来四明和六明两人还有秘密，那个神秘的黄油一定是主办方的人，等游戏结束我一定要好好调查清楚这个主办方的来历。

“呃……那个……”张亚然像学生发言一样举起手来，“10号的数字我昨天试了，是正确的。”

所有人都看着Yaran，嘴张得比刚刚大了一倍。

罗维一听差点儿把口罩喷掉下来，内心：得赶紧记录一下，这个人智力有问题。

摩杰问：“你确定你输入了‘5’？”

张亚然说：“是的，第十位数字是‘5’。”

摩杰一脸疑虑地撑着桌子站了起来：“你小小年纪的姑娘家，骗人都不脸红的吗？”

张亚然说：“我没骗人啊！”

林忠寒按了下摩杰的肩膀让他坐下，然后平和地问Yaran：“既然你试过了，你能告诉我，系统给出的提示是什么吗？”

张亚然说：“这我不记得了，反正就是成功了。”

梁雨问：“那你为什么要告诉我们？告诉我们对你有什么好处？”

张亚然说：“好处？当然是让你们相信我是一个不会骗人的人啊！”

罗维内心：她应该不会骗人的。

所有人看着张亚然，说不出话。

罗维有个过于常人的能力——谎言分析，他能在与人当面交流中，通过面部表情、语言组织、语速和肢体行为判断对方有没有说谎，且准确率极高。

罗维虽然一句话都没说，但他已经看出来，张亚然说的全都是真的。也就是说，10号玩家六明说的也是真的，密码的最后一位数字可以确定为“5”！此时的罗维已经得到了最终密码的两个数字：3××××××××5。

梁雨说：“既然如此，那么请你明天把你的电脑带过来当着所有人的面再输入一次，我们来核验一下你说的是不是真的。”

张亚然说：“那还是算了，太麻烦了。”

所有人看着张亚然，说不出话。

罗维一直在分析着张亚然：看来大家都不太相信这个女孩儿，但如果之后其他玩家真的去试了第十位数，那么试过的人就都会坚信Yaran是个不会撒谎的、天真的人这个事实。这个妹子如果能被我掌控，那我就可以很轻松地利用别人对她的信任获取其他玩家的信息……

麦芽妹说：“等等，梁雨姐，你是说明天我们还要过来吗？”

“我是觉得有这个必要。”梁雨说着，看向林忠寒。

所有人都看着林忠寒。

“这是我今天喊你们来最重要的一个目的。”林忠寒喝了一口茶，对所有人说，“相信你们也看出来了，这个游戏的本质实际上就是交易。每位玩家的目的都是尽可能地获取别人的信息，但我们没办法确保获取到的信息是真实的，总不能仅凭好感和信任吧？所以我提议，建立一个公平交易的平台——接下来的6天，我们每天中午都来这个茶馆会面，会面的时候，所有人都可以公开地要求和某个其他玩家进行信息交易，你们可以交换自己的数字，或者是其他的信息。如果有人的信息是错的，那么所有玩家都会当场知道，而撒谎的玩家的名誉自然会跌入谷底，之后想和其他玩家交换信息便会难上加难，这就是平台的意义。”

四明问：“那为什么不今天就开始呢？”

林忠寒说：“今天不行，因为还有一条规则没出来。”

四明说：“哦，对。”

大家想起来这件事，补充规则的第四条将会在明日的0点公布。在规则并不完善的情况下，所有人都不敢轻易行动。

林忠寒说：“我这个提议，你们觉得如何呢？同意的举手示意一下吧。”

所有人都举手同意了。

罗维心中笑道，也许黄油让忠寒当群主，就是看中了他这强大的组织能力吧。

林忠寒说：“好，那么今天的会就开到这儿吧。关于交换信息的具体规则我今天晚上会写好打印出来。不耽误大家时间了，希望大家明天能准时赶到。”散会了，所有人都站起来准备收拾东西离开。

林忠寒说：“对了，有个方案顺便提一下。”大家都停下来看着林忠寒。

林忠寒说："其实还有这么个方法，我们所有人直接把数字公开，然后让某一位玩家输入正确的密码，让这个人获得游戏胜利，然后再把奖金平分给所有人。"

所有人都沉默了一会儿。

四明："哈哈哈哈哈！"

摩杰："哈哈哈哈哈！"

格桑紫玲："呵呵呵……"

其他人也跟着假惺惺地笑了起来，然后陆续离开了茶馆。

回去的路上，张亚然走到路口等车，这时罗维走了上来。

罗维问："张亚然是吧？"

张亚然说："嗯？你是 1 号？怎么啦？"

罗维把张亚然之前给他的蛋糕递过去："我生病了，吃不了这个蛋糕，还给你吧。"

张亚然说："哈哈，没事啊，留给你朋友吃嘛！我家就是做蛋糕的，就当帮我的店做个宣传呗！"

罗维把蛋糕收起来，走上前对张亚然悄悄说道："你想不想跟我合作？"

张亚然的语调变得平缓起来："你果然有这个想法。"说完，她邪魅地笑了一下。

尽管罗维很清楚，张亚然其实根本不知道自己的想法，只是在装腔作势，但还是配合她："既然你已经知道了，不如我们现在就交换一下吧。"

张亚然问："交换一下？交换什么？"

罗维说："当然是数字啊！"

张亚然说："交换数字？可是现在还没到茶会时间啊！"

罗维说："这就是私下交易，不然怎么叫合作？"

张亚然问："咦？你怎么不咳嗽了？"

罗维说："喀喀……外面空气流通一些。"虽然是合作，但是装病的基本战术是不能变的。

张亚然问："那你得告诉我，为什么我要跟你合作，你为什么要选我？"

罗维说："因为你是最能获得大家信任的人。"

张亚然问："我？为什么？"

罗维说："因为你根本不会撒谎。我能看出来，你刚刚在茶会上说的都是真的，通过你的表情就能看出来。"

张亚然半信半疑地看着罗维，但眼神中丝毫没有畏惧，只有好奇。

罗维吸了一口气，严肃地说："听好，这个游戏的重点是交易信息，即交换情报，谁交易的次数最多，获得的信息最准确，谁就能赢得最终胜利；你能够获得大家的信任，那么就会有更多的人愿意和你交换情报；而我能够判断别人有没有说谎，从而让采纳的信息准确、真实；因此我们两人合作，就一定能一起获得胜利。简单明了。"

张亚然没有说话，依然是死盯着罗维的眼睛，似乎在思考什么。罗维并没有读心的能力，只能猜测张亚然并没有听懂。

罗维说："那我重复一遍。"

张亚然说："嗯。"

罗维叹了口气，刚准备开口。

“行，我知道了！”张亚然笑着说，“我们俩一起获胜，然后平分奖金，如何？”

罗维说：“没问题，但你真的懂了吗？”

张亚然说：“懂啦，我接受跟你合作啦！”

罗维说：“那你的数字呢？”

张亚然说：“嗯？我现在还不能给你，毕竟我还不能完全信任你。”

罗维想着，看来这个妹子也不是那么蠢。

张亚然说：“除非你把口罩摘下来。”

罗维问：“你要干吗？”

张亚然说：“连你的长相都不知道，我怎么能信任你？”

“行。”罗维摘下了口罩。

张亚然看着罗维说：“其实你还挺帅的嘛！”

罗维沉默。

张亚然说：“可惜你太矮了。”

罗维问：“那你的数字呢？”

张亚然说：“我也没说你把口罩摘下来就告诉你啊！”

罗维说：“我就知道。”

这时，一辆高档轿车停在张亚然面前。

张亚然说：“我的车到了，我先回去了！回去群里加你好友！”

“好。”罗维和张亚然告别，戴上了口罩，独自一人回去了。

罗维并没有发现，路口拐角处有一个男人偷听了他们全部的对话。

第三章

规则

罗维回到家后，发现手机有两条新消息：

Yaran 请求添加你为好友。

Viola：你真的被选中当玩家了？

罗维心中一惊："哇，是女神 Viola。"

罗维看完，通过了张亚然的好友请求，然后把手机扔到一边，倒头就睡了。

为了防止泄露游戏信息，他早已决定在游戏结束前断绝和外界的来往，尤其是 Viola。

晚上 11 点 40 分，游戏的第一天即将过去。罗维守在电脑前等待第四条规则的发布。这一天里，罗维思考了很多问题。

这个主办方到底是什么团体，他们组织这场游戏的目的到底是什么?

还有一位玩家——407299，为什么到现在都不现身？也从来没在群里发过任何消息。即便是退出游戏，也应该像10号玩家那样知会一声然后退群吧?

如果我真的能拿到这1000万元奖金，我该怎么办。

罗维并不是没有目标，而是目标太大。

20岁时，刚刚完成本科学业的罗维和家人闹翻，独自一人出来生活。罗维出门的时候从家里拿走了150万元的存折，而4年没有任何收入的罗维也即将用完这笔钱。

罗维的家里很有钱，可向父母索取生活费对他来说是非常羞耻的事，他死也不会做。因此他不仅急于向父母还清当初拿走的这150万元，更急于向他们展示自己不依靠他们也能赚钱的能力。区区100万元远远不够，500万元也不算好看，而1000万元看起来才像个拿得出手的数字。罗维从来就没想过要和任何人平分奖金，他的目标就是独吞1000万元。

当前最困扰罗维的，是拿到奖金后该如何在父母面前炫耀……

无所事事的罗维翻看着手机中的聊天记录。

一天的时间里，大群已经炸开锅般地讨论着密码游戏的事，很多人都开始了各种不靠谱的分析，各种做作的谣言也开始慢慢传开。

这是国家公开组织的一次卧底调查，赢的人最后将被作为间谍通缉！

赢家早就已经内定了，这是一场大血本的商业炒作。

其实所有玩家都是内定的。

罗维又看了看其他社交平台，密码游戏的话题也在不停地升温，看起来影响力已经很大了，似乎是主办方在幕后推动着这个游戏的热度。这样下去，只怕作为玩家之一的自己也会成为舆论焦点，这可不是罗维想得到的。罗维内心产生了一丝不安，尽管目前还没有人见过“星氧”真正的样子，而且“星氧”也只是罗维的小号之一，但罗维仍然对出名这件事非常排斥。

虽然外界都在关注着这场游戏，但还剩 9 人的玩家群却风平浪静，看来大家都不愿意透露自己的任何信息。一片沉闷和紧张的气氛在所有玩家的心中萦绕着。

0 点了，罗维马上刷新了官网首页。

4. 在游戏期间，任何玩家都可以花费 100 万元人民币获得一个最终密码中指定序号的数字，不限次数。购买链接：https://www.××××××××.com/givemeyourmoney

补充规则的后面加上了这第四条规则。

罗维看完，深吸了口气。

“原来是这样！看来这个主办方的真正目的果然还是钱。

“这就是花100万元购买一个数字的功能。对一位玩家来说，如果自己已经掌握了其中一半的密码数字，只要自己的钱足够，完全可以再花几百万买下剩下的数字。这个功能虽然前期没用，但是到游戏后期，只要有钱，哪怕去借，一定会有很多玩家为了夺冠疯狂砸钱买数字，于是到后期就是比谁买数字的速度更快。这样算下来，最后主办方也是有可能回本的，搞不好还能大赚一笔！

“不过前提是，我们这些玩家得出得起，100万元这个数字，对普通人来说，即使去借，代价也太大了。等一下！”罗维突然意识到了什么，他马上拿起手机，准备向张亚然问清一件事。

同时，罗维的手机也收到了一条消息，是张亚然发来的！

星氧：不会吧？难道你也想到了？

Yaran：嘿！蛋糕好吃吗？

星氧：……

与此同时，林忠寒家。

林忠寒一个人在黑暗的客厅看着笔记本。

确认了卧室里的妻子和女儿已经熟睡，林忠寒合上笔记本，偷偷走到阳台点了一根烟。他的家人对他参与了密码游戏的事并不知情。

这时，林忠寒的手机收到一条消息，是黄油发来的。

黄油：新的规则看到了吗？

林忠寒：看到了。你们这到底是什么意思？

黄油：我也只是受人委托办事，不要责备我呀！

林忠寒：我是不会花钱的，这是我和她的约定。

黄油：选择权在你，我们尊重每位玩家的玩法。

林忠寒闭着眼睛思考了一会儿，然后打开了玩家群，在输入框中输入了文字：“不好意思各位，我因私人原因，决定退出游戏。我的数字是‘9’。”

犹豫了一会儿，林忠寒没有按下发送键，将文字全部删掉了。

“还在工作吗？”妻子穿着睡衣突然出现在林忠寒身后，看着他。

林忠寒赶紧关上手机屏幕：“没……没事，你快回床上去吧，别着凉了。”林忠寒把烟掐灭，“我等下就去睡。”

“你别搞太晚了，莫莫都睡了。”妻子打了个哈欠回到了卧室。

林忠寒也回到了客厅，重新打开了笔记本，开始编写文档。

罗维家。

罗维看着手机，面对张亚然，一时有些慌乱。

星氧：我说了我不能吃蛋糕。

Yaran：别骗我了！

Yaran：你——

Yaran：根——

Yaran：本——

Yaran：没——

Yaran：病！

星氧：……

Yaran：哈哈。

星氧：别哈了，我有正事要问你。

Yaran：你为什么不问我是怎么看出来你没病的？

星氧：你是怎么看出来的？

Yaran：因为你在撒谎，我能看出来，你说的都是假的，通过你的表情就能看出来。

罗维看着手机，有一股想透过手机敲对方脑袋的冲动。

星氧：不要学我讲话。

Yaran：好吧好吧，不开玩笑了。

Yaran：那你说吧，什么事？

星氧：我问你。

星氧：你是在开甜品店对吧？

Yaran：是呀！

星氧：你才 19 岁，开店的成本是家里给你的吗？

Yaran：是呀！

星氧：所以你家其实很有钱？

Yaran：呃。

Yaran：还行吧，干吗问这个？

罗维：看来我猜得没错。

星氧：记着，明天的茶会，你看我的提示行动。

星氧：我会告诉你去和谁交换数字。

Yaran：好的。

星氧：嗯，切记，不要买数字。

Yaran：买数字？什么意思？

星氧：……

星氧：你赶紧去看官网的补充规则。

之后，两人一起研究了一个小时就各自睡觉了。

11 月 23 日（星期二），下午 1 点，今羽茶馆。

暖气依然开得很大。

罗维戴着口罩坐在 1 号座位上，仔细观察着每个人。

麦芽妹和摩杰的表情非常凝重，而林忠寒则一副疲倦的样子，看起来昨晚没睡好，其他人则看不出什么异样。

张亚然还没来，看样子又迟到了。

林忠寒问：“四明，你哥六明有回复你吗？”

四明说："他昨天回我了，他说不行，可能他真的不想参与这个游戏吧。"

"好吧，我知道了。"林忠寒笑了笑，然后对所有人说，"那我们开始吧！"

摩杰说："等一下。"

林忠寒问："怎么了？"

摩杰站起来，鼓动着胸肌，表情非常严肃和愤怒："开会之前，我有个事情要告诉大家。"

摩杰指着麦芽妹大声说道："我昨天和3号玩家交换了数字。"

所有人都认真了起来。罗维也皱起了眉头，他立马观察麦芽妹的表情，发现她死盯着摩杰，脸上充满了气愤和困惑，似乎想要说什么。

摩杰说："但是她给我的数字是错的！"

罗维心里笑了笑："哈，有意思了。"

"你不要欺人太甚！"麦芽妹也立刻站起来，"明明你给我的数字是错的！我给你的才是正确的数字！"

四明："噗！"

格桑紫玲一边摇头一边苦笑。

梁雨依然面无表情。

林忠寒闭着眼睛，看起来很苦恼。

每个人的表情都被罗维记了下来。

第四章

公约

“他恶人先告状，你们不要听他胡说！”

“数字是我先给你的，你看了后才回复我的，我怎么可能还反过来骗你？要我把聊天记录翻出来吗？”说着摩杰把聊天记录打开，然后展示给众人看。

罗维瞄了一眼，发现这个对话记录是从昨天下午 2 点 30 分开始的。

“这跟谁先给的有什么关系？你就是看我一个女孩子好骗就故意说假话！”

两个人吵得非常凶。旁边的人看着他们，不知道该如何劝解。

“好啦好啦，先别激动！”四明忍住不站起来劝架，但没有什么效果。

摩杰对大家说：“我可以对天发誓，我没有骗人。”

麦芽妹说：“我也可以发誓啊！有什么用？你已经骗人了，

还怕什么发誓？”

摩杰说：“大家千万不要因为她是女的就轻易相信她。”

林忠寒一巴掌拍在桌子上：“安静！”

两人这时才停止争吵，但还是愤怒地看着对方。

林忠寒缓了缓语气说：“我知道，你们两人中必然有一个说了谎，但是你们得记住一点，我不是法官，这个茶会也不是法庭。我的目的和其他玩家一样，都是为了获得游戏胜利才聚集到这里的。”说着，林忠寒也站了起来，“所以我们根本没有时间和精力去判断你们谁说了谎，我们也没有义务为被骗的人伸张正义。你们可以私下交易，这没有违反游戏规则，我不阻拦，但既然你们决定进行私人交易，就必须自己承担风险。这就是密码游戏的规则。”

所有人都安静地看着麦芽妹和摩杰。

林忠寒说：“听明白的人就坐下。”

两人听进了林忠寒的话，只好憋着怒气坐了下来。四明松了口气，傻笑了一下，也跟着坐下了。

这时，林忠寒从椅子旁的公文包中拿出了一沓文件，放在了茶桌中心。

林忠寒说：“这是我昨天整理的茶会规则，你们每个人都看一下。”

其他人都从茶桌中心拿了一张。罗维拿到手后，也大致地看了看。

林忠寒说："茶会的规则是这样的，每个人都在自己的一张卡片上写一位玩家的号码，表示自己今天想要交换情报的对象，然后所有人一起将卡片展示出来。展示卡片之后，每位玩家轮流结算自己收到的交易邀请，可以同意交易，也可以拒绝。如果同意交易，则两位玩家当着所有玩家的面，以纸质方式交换对方指定某个序号的密码数字。交换完，大家确认两人交易成功，接着轮到下一对玩家进行交易。在交易过程中，如果有人提出对方撒谎，则交易失败——如果出现这种情况，则原告玩家需立即公开展示自己在官网收到的错误提示信息，让所有玩家进行验证；如果原告玩家展示了错误提示，则判定被告玩家撒谎；如果原告玩家无法展示错误提示，则判定原告玩家撒谎。"

林忠寒喝了口茶，继续说道："被证实在茶会上撒谎的玩家，将被永久地取消参加茶会的资格。"

说完林忠寒又从公文包中拿出一张 A4 纸放在茶桌上："这是茶会的公约，同意的玩家请在上面签个字。"

每个人都在思考。

林忠寒说："当然，大家有什么疑问也可以提出来。"

"我有个问题。"格桑紫玲，"如果按照这样的规则，可能很多人都会拒绝交易，那交易的机会是不是太少了？"

罗维说："不，这样正好。"

所有人都看着第一次主动发言的罗维。

“咯咯……是这样的。”罗维坐起身来，“每个人都只能发出一次交易请求，而请求能否通过完全由被邀请的玩家决定，这样的话，咯咯……不好意思，一说话就咳……”罗维侧身咳了几声，然后回正，“这样的话，每个人都会更倾向于将邀请发送给名誉好、值得信任的玩家，而名声差的玩家则很难获得跟别人交易的机会。如……咯咯咯……如果允许交易的次数过多，那么做过坏事的玩家就有更多的机会交易情报，这对守规矩的玩家是不公平的。”说着，罗维拿过圆桌上的公约说，“我同意这个规则。”然后签上了自己的名字。

罗维内心：幸好我有先见之明，跟张亚然合作了。林忠寒为人刚正，他制定的规则一定是对守规则的人有利的，如果没有张亚然这张牌，我是不会同意这个公约的。但是那个家伙怎么还没来？

“Hello，大家好呀！”双马尾张亚然气喘吁吁地跑了进来，手里又提着一个塑料袋。

四明说问：“我说你怎么又迟到了？地铁又堵了？”

“嘻嘻嘻。”张亚然没有回答，然后又开始派发甜品，“这是我们店新出的布丁，大家尝尝！”

摩杰接过张亚然的布丁，突然温柔起来：“谢谢你！”

罗维内心：你是推销员吗？

派发完布丁后，张亚然边用手扇着风边坐到了2号位上。

林忠寒说：“亚然，下次再迟到就不能参加茶会了。”

张亚然问：“布丁好吃吗？”

林忠寒说：“还不错。”

大家都吃起了布丁，除了麦芽妹。

麦芽妹一直在低着头思考什么，突然抬起头说：“好，那我也签。”

话题又回到了公约上。

麦芽妹签完了字，递给了四明。

四明说：“呃，我还没太明白规则啊！”

麦芽妹瞪了四明一眼。

四明吞了口口水说：“好，我签。”

公约纸被依次递了过去，摩杰、格桑紫玲和梁雨都签了字。公约被递到张亚然手上，张亚然随意地看了看规则和公约。

“我不同意签字！”张亚然皱着眉摇了摇头。

所有人都看着张亚然。四明慌张地说着远程悄悄话：“你不要搞事啊！”

林忠寒说：“没事，你对规则有什么不满意的地方都可以说。”

“我对规则没有不满意的地方，但是我不会签字。”张亚然回答。

所有人都困惑地皱紧了眉头。

张亚然说：“因为在座的各位玩家中有一个我不信任的人。”

林忠寒问：“谁？”

张亚然指着旁边的1号说：“就是1号玩家星氧！”

罗维低着头一声不吭。

林忠寒问：“星氧怎么了？”

“我昨天回去的时候，看到了他摘下口罩的样子。”张亚然抬高了音调，“他是我前男友，是个彻头彻尾的骗子！”

罗维瞪大了眼睛看着她。

所有人都沉默了。

“所以这个茶会，只要他在，我就不会参加。”张亚然义正词严地对着林忠寒说，“寒叔，你能不能把这个人踢出茶会？”

罗维这时已经浑身冒冷汗了。

林忠寒说：“这可不行，这样做对星氧不公平。”

并不是为了公平，林忠寒内心非常清楚，如果这样就把一位玩家踢出茶会，那么整个交易平台的公正性就会受到严重的质疑，自己作为群主的名誉也会受损。与此同时林忠寒也知道，把一位玩家踢出茶会，相当于极大程度地削弱了一个对手的竞争力，这对自己也是有利的，但是踢人必须要一个正当的理由。

“嗯，既然如此，”张亚然想了想说，“那我就自己退出茶会！”

所有人都诧异地看着张亚然。

林忠寒心中一喜：正当的理由来了！

这时，罗维突然站起来，捂住了张亚然的嘴：“不好意思各位，稍等一下。”然后拽着张亚然离开了房间。

罗维和张亚然两人互相拖曳着来到一楼走廊。

罗维问：“你是脑子出问题了吗？！”

张亚然反问："这不都是按你昨天的计划做的吗？"

罗维说："你按个屁计划啊！我昨天说的是你留在茶会，把我踢出去啊！你怎么自己出去了？"

张亚然说："那寒叔不同意啊，我有什么办法。"

罗维说："还有前男友是什么鬼？昨天明明说的是我是道上的人啊！"

张亚然说："啊，我忘了！不都差不多嘛！"

罗维的内心正在崩塌。他原本的计划是让张亚然公开他道上的身份（其实是假的），两人在茶会上发起冲突，之后罗维用暴力威胁张亚然，被林忠寒制止，然后被众人赶出茶会。这样做的话，虽然自己"被迫地"离开了茶会，形象也一落千丈，但是反而强化了大家对张亚然单纯、天真的印象，好让张亚然在茶会中获得更多优势。同时，演这出戏也可以彻底撇清和张亚然的关系，防止别人猜出两人已经结盟的事。

对罗维来说，不参加茶会并没有什么影响，茶会的信息完全可以通过张亚然来获取，而自己则可以"理所当然地"积极投入茶会以外的私人交易中。可惜这个计划目前进行得并不顺利。

罗维缓了缓情绪说："我现在没时间跟你争了。这样，我待会儿主动和大家请辞，你坐到自己的位子上不要乱动，一句话也不要说，假装生气就行了，懂吗？"

张亚然木讷地点了点头。

两人简短地交流了一会儿细节，又回到了二楼茶会房间。

“喀喀……不好意思，让大家见笑了。”罗维对着所有人说，“我接受亚然的要求，退出茶会。”说着，罗维又拿起公约和笔。

林忠寒问：“你考虑清楚了吗？星氧。”

张亚然这次很乖地坐着，脸上仍然表现着不满，也不知道是演的还是真的。

“嗯，我已经决定了。”说着，罗维将自己的签名划掉，然后迅速转身离开了茶馆。出门的时候，罗维不小心撞了一下服务员。

张亚然在公约上签了名字。

这时，服务员进入了房间，给每个人都倒上了茶水，然后俯身对着林忠寒悄悄说了点话，林忠寒点了点头，服务员离开了房间。

“耽误了很多时间，我们开始吧。”林忠寒对着众人说，收起了公约和规则文件，然后将卡片派发给了每个人。

林忠寒说：“重复一遍，每个人都可以在卡片上写上你想要交易的玩家的序号，然后我们一起翻开，轮流结算。如果暂时没有想交易的对象，留白就行了。”

每个人都在纸上写了一个数字，然后公开。

3号麦芽妹的卡片：5（林忠寒）。

4号四明的卡片：2（张亚然）。

5号林忠寒的卡片：9（梁雨）。

6号摩杰的卡片：2（张亚然）。

8号格桑紫玲的卡片：5（林忠寒）。

9号梁雨的卡片：2（张亚然）。

2号张亚然的卡片：空白。

众人看着卡片，面面相觑。

街道上，罗维的手机收到了一条消息：

Yaran：529252。

星氧：选4号，四明。

茶会上，林忠寒说："那么从票数最多的张亚然开始结算吧。亚然，你选择跟谁交换信息？"

张亚然指着四明说："我选阿呆。"

四明握拳说："Yes！"

林忠寒递给张亚然一张白纸："写上你想要交换的信息，然后递给四明。"

张亚然写上"你的数字"，然后递给了四明。

四明也写上"你的数字"，递给了张亚然。

之后，两人在这张白纸上交换了自己的数字。

林忠寒说："你们都用自己的手机登录账号，然后输入对方给你的数字吧。"

两人都在官网密码锁指定的位置上输入了对方提供的数字，没有人指认对方撒谎，交易成功！

之后，四明拿着纸和打火机跑去厕所，将这张纸烧掉了。

罗维的手机收到一条消息：

Yaran：7。

星氧：别用手机发！

此时，罗维和张亚然都获得了最终密码的第四位数字：7。

而四明也获得了张亚然所持的第二位数字：1。

林忠寒对张亚然说：“你还可以选择跟摩杰和梁雨交易。”

张亚然说：“不用了，我不想暴露太多我的信息。”

张亚然心里清楚，如果一次和很多人交易，那么茶会上的玩家就都会知道，自己掌握了太多的数字，之后大家就不会和优势太大的玩家进行交易了。当然，这些都是罗维教给她的。

林忠寒说：“可以。那么轮到我了。”

林忠寒看了看麦芽妹和格桑紫玲的表情：“我选麦芽妹。”林忠寒也非常清楚，茶会上交易最多一次，超过一次，就会被针对。

林忠寒和麦芽妹两人交易成功。

梁雨则拒绝了林忠寒的交易邀请。

于是，第二天的茶会结束了。

下午 4 点，摩杰一边在健身房健身，一边思考着茶会上发生的事情。这时，摩杰收到了一条信息：

Yaran 请求添加你为好友。

摩杰嘴角微微上扬："猎物自己送上门了。"

第五章

淘汰

时间回到下午 2 点，茶会结束后。罗维和张亚然两人在一起吃中饭。

“3。”

“1。”

罗维和张亚然同时轻声说道。

罗维说：“现在才把数字给我。”

“嘿嘿，这是在考验你。”张亚然笑嘻嘻地说，然后从口袋中翻出手机来，不小心掉出一个棒状的仪器。张亚然马上捡了起来。

罗维问：“这是什么东西？”

“防狼电击棒呀！”张亚然拿着仪器显摆着。

罗维问：“你这么平，用不到那玩意儿的。”

“我买这个东西就是专门用来电你的。”张亚然用电击棒指着罗维的脑门儿说着。

“这下糟了，看来跟她摊牌的时候一定要离她远点儿。”罗维在内心嘀咕着。

张亚然用手机在官网输入了刚刚拿到的数字——所有的数字都通过了。

此时的罗维和张亚然都已经获得了最终密码的4位数字：31×7××××5。

张亚然问：“对了，刚刚你为什么要我选四明呢？”

罗维说：“我可以跟你解释原因，但你得确保你会认真听。”

张亚然说：“你说你说，我认真听。”

罗维放下筷子问：“首先你告诉我，如果是你，你会选和谁交换数字？”

张亚然说：“我应该会选6号吧，我感觉他挺好打交道的，给他布丁的时候他还用温和的语气跟我道谢。”

罗维笑了笑说：“我告诉你吧，在茶会上，应该尽量选不好打交道的人交易，把好说话的人留到茶会外去攻克。”

张亚然说：“哦哦，原来如此！”

罗维问：“我不是告诉过你，你今天来之前发生了什么事吗？”

张亚然说：“对，我想起来了，3号和6号吵起来了。”

罗维说：“我观察了他们吵架的整个过程，6号摩杰语速和表情都非常不自然，论据的重点都在于如何证明自己的清白而非攻击对方的漏洞，很明显是他说了谎。”

张亚然说："既然这样，那不是更应该和6号交换数字吗？不然之后找他，他又说谎怎么办？"

罗维问："如果我去和他交涉，他能骗过我吗？"

张亚然说："对哦，说得也是，哈哈。"

罗维喝了口水，说道："在茶会上争吵的时候，6号摩杰说了一句话'数字是我先给你的，你看了后才回复我的，我怎么可能还反过来骗你？'我跟你说过，你还记得吗？"

张亚然说："嗯。"

罗维说："如果你是6号，你打算和3号交换数字，而你又不打算告诉3号你真正的数字，那么你只能从剩下的9个数字中挑一个对吧？"

张亚然说："对啊！"

罗维说："6号先把数字给了3号，说明6号在选择这个假数字的时候并不知道3号的数字是多少，万一他选的假数字正好是3号自己的数字，不就穿帮了吗？所以为了避免这种事发生，6号一定会选一个3号绝对不知道的数字，这个数字是多少？"

张亚然说："呃，我猜不到欸。"

罗维说："这个数字很有可能就是你第一天告诉大家的数字——5。"

张亚然说："那也就是说，他昨天试过了'5'这个数字？！"

罗维说："没错。摩杰昨天下午2点30分就主动找了3号麦芽妹，这是茶会刚刚结束的时候发生的事。因此，摩杰很有可能在茶会刚刚结束的时候就试过了数字'5'，并且得到了正确的提示。此时他在肯定3号没有试过数字‘5’的情况下跟她私下交易，那么他就一定会选‘5’这个数字作为假数字来骗她。”

张亚然恍然大悟。

罗维说：“今天茶会上给你发交易邀请的人是4号四明、6号摩杰和9号梁雨，6号也在其中，更进一步地说明了6号昨天试过了数字‘5’，并且相信你是一个非常天真、善良的人。他觉得邀请你交易，你最有可能同意。”

张亚然说：“这么说，那4号阿呆和9号梁雨也试过了‘5’这个数字？”

罗维说：“很有可能。只是他们都没想到，还有这么多人都向你发出了交易邀请。不过这也证明了我之前的判断是对的。”罗维又笑了笑，“你的天真、善良确实为你带来了很多人气。”

张亚然说：“明明是因为我长得可爱。”

罗维说：“所以6号玩家摩杰，加上麦芽妹给他的数字和他自己的数字，他现在应该已经有最终密码中的3个数字了。再跟他交易的话，他的优势就太大了，因此不能选他，况且我已经想好该怎么对付他了。至于是选4号还是9号，我也只是凭感觉。我觉得4号看起来没有太多威胁，而9号看起来在预谋什么事，最好不要过早地向她暴露我们的数字。”

张亚然说：“嗯，我也有这种感觉。”

罗维问：“你真的听明白了吗？”

张亚然说：“我当然明白啊，这么简单的逻辑，我又不是傻。”

罗维内心一惊：你怎么知道我整天骂你傻？

张亚然问：“那接下来我们该怎么办？找谁要数字？”

罗维又把筷子拿起来，一边夹菜一边说：“目标还不明显吗？”

下午4点，健身房。摩杰坐在蝴蝶机上看着手机。

Yaran：嘿，可以交换一下数字吗？

如果能重来我要选摩杰：你为什么选我呢？

Yaran：嗯……我也不知道。

Yaran：我觉得你这人挺好说话的。

Yaran：今天茶会上你对我说了“谢谢”。

Yaran：虽然你长得很凶，但我觉得你是个很绅士的人，你应该不会骗我。

如果能重来我要选摩杰：妹子，你太容易相信别人了。

Yaran：除了你，我不知道该相信谁啊！

Yaran：你不愿意和我交换数字吗？

如果能重来我要选摩杰：我考虑一下，晚点回复你。

Yaran：好，我等你回复。

摩杰内心早已同意，根本不打算考虑，但一定要装着自己很纠结的样子出来。

半个小时后。

如果能重来我要选摩杰：好，我答应和你交换。

Yaran：太好了！谢谢你！

如果能重来我要选摩杰：你想怎么交换？

Yaran：去咖啡厅吧，当面交换，我把位置发你。

如果能重来我要选摩杰：好的。

Yaran：下午 5 点 30 分到可以吗？

如果能重来我要选摩杰：没问题，一会儿见。

摩杰合上手机，笑了笑：果然女人都好骗。

突然，他又收到了一条消息：

星氧请求添加你为好友。

摩杰内心：是那个 1 号？他也想跟我交换吗？先看看他的目的吧。

摩杰同意了请求。

星氧：不要和张亚然交易。

看到这条消息，摩杰突然有点儿困惑。

如果能重来我要选摩杰：你怎么知道我在和 2 号交易？

星氧：我在监视她。

星氧：她发的消息我都看得到。

摩杰内心又笑了：难怪她要跟你分手。

如果能重来我要选摩杰：为什么不能跟她交易？

星氧：她是骗你的。

如果能重来我要选摩杰：我凭什么相信你？

星氧：因为我了解她的为人。

星氧：相信我，不要和她交易，和我交易吧。

如果能重来我要选摩杰：我考虑一下吧。

摩杰根本不打算考虑，他内心非常清楚，星氧被踢出了茶会后就只能通过私人交易的方式获取数字，星氧和 Yaran 已经是公认的敌对关系了，他俩是不可能交易的，他一定会找像我这样优势不大的玩家交易。

他们两人当中必然有一个人在说谎，可是目前对摩杰来说，比起罗维，他肯定更愿意相信那个第一天就诚实地公布 10 号数字的纯真、善良的小女孩儿。

下午 5 点 40 分，某咖啡厅，摩杰正坐在座位上等待张亚然。

“对不起，我来晚了！”张亚然抱着一个平板电脑跑了过来，坐在摩杰的对面。

摩杰问：“你好像经常迟到啊？”

张亚然说：“哈哈，不好意思啊，下次不会了！”

摩杰说："好吧。你拿个电脑做什么？"

张亚然说："你说这个吗？当然是为了试数字啊，手机屏幕那么小，我怕待会儿手滑输错就惨了。"

"嗯。"摩杰显得有点儿慌张，"是这样的，按照规矩，见面只交换数字就可以了，我们各自回去再验证。"

张亚然问："为什么啊？难道你要给我假数字，怕我当场拆穿你？"

摩杰说："不不，我不会骗你。是这样的，因为在外面交换容易被看到，说不定现在就有人在偷窥我们。"摩杰很清楚，他就是不想跟张亚然当场翻脸。

张亚然说："哦哦，原来如此，你想得挺周到的，那好吧！"

摩杰问："对了，你之前没有和其他玩家交易过吧？"

张亚然说："呃，我就刚刚在茶会和 4 号交换过啊！"

摩杰说："哦哦，好的。"

张亚然问："你呢？"

摩杰说："我和 3 号交换了，可惜她给我的是错的，唉。"

张亚然说："唉，你这么老实，肯定会被骗啊！"

摩杰尴尬地笑着，然后拿出了两支笔和两张纸："我们分别在纸上写好自己的数字，然后一起交给对方，怎么样？"说着把一支笔和一张纸递给张亚然。

张亚然接过纸和笔："好嘞！"

摩杰内心：看来这个妹子已经非常信任我了。

突然，摩杰的手机又收到一条消息：

星氧：我在你后面。

趁着张亚然低头写数字，摩杰马上惊恐地回头查看，发现罗维正戴着鸭舌帽、墨镜和口罩坐在后面一排的位子上。

摩杰又收到一条消息。

星氧：放心吧，她没发现我。

如果能重来我要选摩杰：你想做什么？

星氧：我是来告诉你，张亚然在说谎，她不会给你她真正的数字。

星氧：她脸很红，语调非常慌乱，明显很紧张。

摩杰此刻根本听不进这些玄学的东西，他只想快点完成交易以免被张亚然发现当场揭穿。摩杰此刻已经开始有点儿慌张了。

张亚然问："你写好了吗？"

摩杰说："嗯，写好了。"

两人将写了数字的纸折叠好，同时慢慢地递给了对方。

摩杰说："好，那我们就各自回去验证吧。"

张亚然问："对了，你想不想跟我合作？"

"嗯，这个我再考虑一下吧。"说着，摩杰便急匆匆地离开了座位。临走时，摩杰看了一眼罗维的位置，发现他已经不见了。

10 分钟后。

罗维坐到了摩杰原来的位子上对张亚然说：“他给你的数字是什么？”

张亚然嘻嘻地笑了笑，把纸递给了罗维。罗维打开了纸，上面写着数字：0。罗维将纸揉成一团，还给了张亚然。

罗维说：“记住这个数字，然后把这张纸烧掉。”说着，罗维站起身准备走。

张亚然问：“你现在去哪儿啊？”

罗维说：“我去拿真正的数字。”

晚上 7 点，摩杰的房间。

您输入的密码错误。您还剩 1 次尝试机会，请好好把握。

摩杰的电脑屏幕上弹出了这条信息。

摩杰瞪大眼睛看着屏幕，然后看着手中纸上的数字：3。他仍然不敢相信自己的眼睛。

“那个小丫头居然骗我？”摩杰回忆着张亚然的一切行为和语言，可他仍然找不到任何自己可能遗漏的破绽。世界观崩坏的摩杰愤怒地把纸撕碎了。

摩杰的手机传来新消息的提示音。

星氧：你输入了吗？

摩杰突然想起了罗维的忠告，马上回复了他。

如果能重来我要选摩杰：你说的是对的，她骗了我。

星氧：有空吗？待会儿碰个面？

如果能重来我要选摩杰：好。

此时除了这个给过自己忠告的星氧，摩杰已经不知道该信任谁了。

晚上9点，人民公园。罗维站在公园中僻静小路上的一处路灯下，戴着鸭舌帽和口罩。

摩杰穿着羽绒服走了过来。

罗维摘下口罩，面无表情地说道："你还剩最后一次机会，如果这次再输错，你就会被淘汰。"

周围没有路人，只有冷冷的风声，罗维和摩杰都可以肯定，以这种音量说话，没有人可以听到。

摩杰说："我相信你。"

罗维问："那我能相信你吗？"

摩杰说："你不是能够看穿别人有没有说谎吗？明知道这一点，我是不可能骗你的。我的数字是'8'，你现在就可以查看。"

对摩杰来说，今天一定要获得一个新的数字。他心里很清楚，以自己的形象，在茶会上是根本争取不到交易机会的，他和罗维一样，都只能通过茶会之外的私人交易获取数字。今天已经没有任何人比罗维更适合进行交易了，哪怕暴露自己真实的数字，他也要获得罗维的。

罗维说："我的数字是'1'，如果你不相信我，现在就可以查看。"罗维报上了张亚然的数字。

摩杰说："不了，我相信你。按规矩来吧。"摩杰不相信鬼神，但他相信，凡事按规矩来总能避免灾祸。

两人像陌生人一样，朝着相反的方向离去了。

晚上9点20分，麦芽妹、四明、林忠寒、格桑紫玲、梁雨、罗维和张亚然的手机同时收到一条短信：

6号玩家【如果能重来我要选摩杰】因使用完两次尝试机会，已被淘汰出局。

——黄油

同时，玩家群的人数减少为8人。

麦芽妹内心：不管是谁，谢谢你了。

第六章

危机

“3107×8×××5”张亚然在官网的密码锁上输入了这一串数字，点击了“确认解锁”按钮。网站弹出了提示：

密码正确

这时，罗维的手机收到消息：

Yaran：密码正确！

星氧：哪个数字？

Yaran：全部啊。

星氧：你输入得这么快？

Yaran：我一起输入的啊！

星氧：你不要一起输入啊！

星氧：一个一个输入啊！

星氧：你一起输入，万一有错的我们都不知道是哪个数字错了。

Yaran：哦哦。

Yaran：哈哈，我太激动了，对不起！

游戏的第二天即将结束，此时，罗维和张亚然已经确认了最终密码的6个数字，胜利已近在咫尺……

准备入睡时，罗维的手机又收到一条消息：

Viola：在吗星氧，我有很重要的事要告诉你，看到的话回复我。

罗维立刻删掉了消息框，关上了床柜的灯。

11月24日（星期三），下午1点，今羽茶馆。

暖气依然很足。

“看来目前还没有人花钱买数字呢！”林忠寒说着，又环顾了所有人。

1号罗维已经离开了茶会，10号六明提前退出了游戏，6号摩杰已被淘汰，而7号玩家407299始终没有出现过。茶会上还剩6位玩家。

“奇怪啊。”四明看着空着的 6 号座位，“6 号这也退得太突然了吧？”

格桑紫玲说：“我也觉得……他一句抱怨都没有吗？会不会太安静了？”

林忠寒说：“嗯，关于这个问题，我可以回答你们。”

所有人看着群主林忠寒。

林忠寒说：“我昨天咨询过黄油，我问他被淘汰的玩家如果还继续干扰游戏怎么办，他发了这条消息给我。”说着，林忠寒掏出手机开始念，“当检测到有玩家被淘汰，主办方会告知该玩家，在游戏结束前禁止干预正在游戏的玩家，如果能做到，那么在游戏结束后主办方会补偿淘汰玩家一定的金额。”

四明说：“哇，原来如此！具体多少钱啊？”

林忠寒说：“这我就不知道了，可能现在得保密吧。”

麦芽妹说：“这主办方巨有钱啊！”

四明说：“等一下，那这样我们不就没办法拿到 6 号的数字了吗？”

林忠寒说：“不一定。在游戏玩家中应该已经有人知道他的数字了，你得自己去找，如果你真的想知道。”

格桑紫玲带着玩笑的语气对四明说：“你也可以直接买数字啊！”

四明说：“那算了，我可没钱。”

服务员进来，给每位玩家都倒上了红茶，然后离开了。

“咦？亚然今天居然没迟到？”四明突然转向正在沉思的张

亚然。

张亚然抬起头，冲他吐了吐舌头，然后继续低头沉思。

麦芽妹问："你在想什么呢？"

张亚然说："我在想一个人……"

麦芽妹问："谁呀？"

张亚然说："就是那个 7 号啊，他一直都没有现身过。我在想他会不会在幕后搞什么花样。"这也是罗维一直在担心的。

所有人都沉默了一会儿，似乎都在思考什么。

这时，罗维发来一条消息给张亚然。

星氧：6 位玩家都到了吗？

Yaran：嗯。

星氧：好。

星氧：今天和 9 号梁雨交换数字吧。

Yaran：OK。

林忠寒说："7 号玩家没有参加过茶会，如果他还在游戏中的话，一定已经和我们中的某些人打过招呼，甚至交换过数字了。你们有谁和他接触过吗？"

没有人回答。

林忠寒说："如果有人和他接触了，那我只能建议你千万不要向他泄露我们的信息，更不要和他交易。如果一个在暗处的人对我们了如指掌的话，那么对我们茶会上所有的玩家都是巨大的威胁。希望你们都能明白这一点。”

所有人都不作声，似乎默认了这个观点。

“那么，开始今天的茶会交易吧。”说着，林忠寒又拿出了卡片发给每个人。

5 分钟后，所有人同时摊开了自己的卡片：

3 号麦芽妹的卡片：8（格桑紫玲）。

4 号四明的卡片：8（格桑紫玲）。

5 号林忠寒的卡片：4（四明）。

8 号格桑紫玲的卡片：2（张亚然）。

9 号梁雨的卡片：2（张亚然）。

2 号张亚然的卡片：9（梁雨）。

罗维的手机收到消息：

Yaran：88422。

罗维想了一会儿，回复张亚然。

星氧：不要选 8 号，还是 9 号梁雨。

罗维不想让大家觉得张亚然获得了太多的数字。

茶会上，林忠寒问："紫玲和亚然，你们谁先结算？"

张亚然想了想，先结算的可能会吃亏，于是看着格桑紫玲。

格桑紫玲说："行，那我先来吧。"

格桑紫玲看着3号麦芽妹和4号四明，犹豫了一会儿，然后说道："我选4号。"

四明和格桑紫玲交换了彼此的数字，没有人指认对方撒谎，交易成功。

轮到张亚然了。

张亚然说："那我选9号吧。"

张亚然内心并不想选9号。9号梁雨今天一句话也没说，脸上没有任何表情，这让张亚然有点儿害怕。当然，这种细节也没必要告诉罗维。

张亚然和梁雨两人在纸上进行了一番交流。

张亚然写下：你的数字。

梁雨写下：4号的数字。

张亚然内心：看来她更在意阿呆呢，不过对我来说也好，不用暴露我的数字了，罗维应该也会觉得是好事吧。

两人分别在纸上写了数字交给了对方。

"6"，张亚然收到了这个数字，马上用平板电脑打开了官网，在密码锁第9位密码的输入框中输入了数字"6"，然后点击"确认解锁”按钮。

您输入的密码错误。您还剩 1 次尝试机会，请好好把握。

看着电脑上的提示，张亚然无比震惊。

“她说谎！”张亚然瞪大眼睛大声说道，然后把平板电脑亮出来给所有人看，“她给我的数字是错的！”这时，张亚然惊恐地发现，梁雨不再是面无表情，她正诡异地微笑着看着自己，无光的瞳孔周围布满了血丝。

所有人看到平板电脑上错误提示的弹窗，都愣住了。

“怎么回事？梁雨？”林忠寒站起来看着梁雨。

梁雨仍然目不转睛地看着张亚然，用非常平静的语气说道：“她说得没错，我说谎了。”说着，梁雨披上了外套，对所有人说道，“从今天开始，我退出茶会。”然后快步离开了房间。

所有人都没缓过神来。

张亚然双目无神地瘫坐在座位上，她拿起手机，不知道该怎么跟罗维说。

格桑紫玲说：“看来她早已决定要离开茶会了。”

四明和麦芽妹不知道该说什么。

但张亚然心里明白，除了她以外，此刻房间内所有人内心都在暗喜。

林忠寒说：“不管怎么样，茶会还是要继续。现在轮到阿呆了。”

四明问：“哦哦……你给发的邀请是吧？”

林忠寒说："没错。"

四明说："嗯，行，我同意。"

4号四明和5号林忠寒进行了交易，没有人说谎，交易成功。

茶会结束，所有人都离开了茶馆。

下午1点30分，天空很阴沉，飘着几点雨滴。

张亚然无精打采地走进了昨天的餐厅，罗维早已坐在老地方等她。

罗维问："怎么了？脸色这么难看？吃了屎吗？"

张亚然说："我被骗了。"

罗维问："怎么回事？"

张亚然低着头说："梁雨给我的数字是假的，她已经退出茶会了。"

罗维看着张亚然，沉默了一会儿。

张亚然说："对不起……"

罗维说："是我让你去和梁雨交易的，你又没做错事，干吗跟我说对不起。"

张亚然说："可是，我今天在茶会看到梁雨的时候就觉得她不对劲了，但我没有跟你说这件事。"

罗维说："可以啊，还学会察言观色了，进步挺大。"

张亚然依然低着头。

罗维说："行了，别难过了，赶紧吃东西吧。你想吃什么？"

张亚然说："我肚子不饿。"

罗维转过头对老板说："老板，来两份皮蛋瘦肉粥。"

张亚然问："你怎么知道我喜欢吃这个？"

罗维说："你昨天点菜的时候就一直看着这个，最后还是将就我点了炒菜。"

张亚然突然笑了出来："你不要读心了，可怕的男人。"

张亚然说："对了，今天梁雨给我的数字是……"

罗维说："先不要说。"

张亚然："嗯？"

罗维说："先不要说密码游戏的事。"

老板将两碗热粥送到了桌上。

张亚然问："怎么了？"

"你被人跟踪了。"罗维一边喝着粥一边说，语调轻松自然，跟平时聊天没有什么区别。

张亚然愣了一下，警觉起来。

"别紧张，表现得平常一点儿。"罗维说，"他就坐在门口，穿着米黄色风衣，戴着白色口罩。"

张亚然说："他听不到我们说话吧。"

罗维说："嗯，应该是听不到的。我们先吃饭，茶会的事晚点再说。待会儿你按我的计划行动。电击棒带了吗？"

张亚然点了点头。

罗维说："好。"

10 分钟后。

张亚然起身，跟罗维告别后就径直走出了餐厅。此时，黄衣男摸了一下衣领，然后也起身，跟在了张亚然后面。

看到黄衣男离开了，罗维也跟了过去，开始跟踪黄衣男。

天空下起了小雨，3 个人都撑起了伞走在熙熙攘攘的街上。

张亚然一直朝着甜品店的方向走，她控制着自己的步伐，时刻暗暗关注着黄衣男的位置，避免黄衣男跟丢自己。而罗维也时刻保持着与黄衣男 15 米的距离跟在后面。

雨越下越大。张亚然经过了几个街口、天桥和地下通道，最后来到了甜品店附近的一条小巷子前，然后走了进去。

黄衣男犹豫了一会儿，也跟着走进了巷子，然而他并没有看到张亚然。巷子空无一人，黄衣男快速地朝巷子深处走去。天空雷声不断，大雨冲刷掉了所有的气味。走到巷子中间时，黄衣男四下观望，没有发现任何人。此刻他意识到，他已经跟丢了张亚然。正当他继续往前走，准备离开巷子的时候，罗维撑着雨伞拦在了他面前。

黄衣男下意识地往后退了一步，突然发现，不知什么时候，张亚然也撑着雨伞、拿着电击棒站在了自己身后。

罗维和张亚然从两边靠近黄衣男，黄衣男已无路可走。

罗维说："你是今羽茶馆的服务员吧。"

黄衣男侧着身低着头，把口罩摘了下来："嗯。"

罗维说："也就是说，你是林忠寒的人。"

张亚然："嗯？"

黄衣男没有作声。

罗维说："很简单，各种细节都能看出来，林忠寒就是今羽茶馆的老板。"罗维没有告诉她这个信息是在团购应用上查到的。

张亚然说："哦哦，厉害！"

罗维对着黄衣男说："说吧，为什么跟踪亚然？你们有多少人？"

黄衣男说："我只是收钱办事，你问的我都不知道。"

罗维有点儿不耐烦地说："亚然！"

张亚然闻声举起电击棒对着黄衣男闪了两下。

"我真的不知道！"黄衣男语气非常慌乱，"我也是刚来的，林老板什么都没告诉我，他只是要我跟着你们，然后偷拍你们的对话。"说着，黄衣男从衣领折角处取出了一个微型的针孔式摄像头交给了罗维。

罗维内心：看来林忠寒早就知道我和张亚然结盟的事了，这个服务员看起来没有说谎，这也确实像是林忠寒的做事风格。

黄衣男说："林老板说，只要游戏结束，他就会给我报酬，其他的我真的什么都不知道了。"

"原来是为了钱啊！"罗维想，既然是为了钱，不如把这个服务员买下来，让他为自己卖力，反过来去监视林忠寒的行动。

罗维问："当过卧底吗？"

黄衣男反问："什么意思？"

罗维说："你说你是刚来的，又是为了钱，想必跟林老板没有什么交情吧。"

黄衣男说："我认识他还不到两天。"

罗维说："那你不如跟我干吧。去今羽茶馆那儿当卧底，帮我们监视林忠寒的行动。我给你双倍的报酬，如何？"

黄衣男沉默不言。

罗维问："你告诉我吧，他给你多少钱？"罗维心中的理想价位是 5000 元。

黄衣男说："4 万元。"

罗维："……"

黄衣男："……"

两人四目相对，时间似乎静止了片刻。

罗维说："不好意思啊，我付不起。"

黄衣男："嗯？"

罗维说："亚然，动手吧。"

张亚然开启了电击棒，对着黄衣男的腹股沟插了进去。随着雷光一闪，黄衣男惨叫一声，晕倒了过去。

雨声越来越大。两人呆呆地看着倒在巷子中央的黄衣男。

罗维搜了搜黄衣男的身体，没有发现其他有用的东西了。

罗维说："把他交给警官吧，就说尾随并且偷拍无知少女。"说着罗维准备拿出手机。

张亚然突然大叫道："小心后面！"

罗维瞳孔放大，迅速回身，突然一把匕首从右侧横向朝着他的胸前划过来！

此时罗维已经来不及闪躲，他下意识地往左后方侧身，匕首划过了他的右肩，一股热流顺着他的右肩淌出，失去重心的罗维坐倒在地上，他抬头一看，在他面前的是一个面无表情的白发青年男子。

第七章

忧虑

白发男子看着罗维，右手横举着那把已经被染红的匕首，突然露出冷笑，马上又切换匕首的方向对向了罗维！

此时，罗维的左手还拿着雨伞，他立刻将黑色的雨伞往白发男子的脸上盖了过去。雨伞挡住了白发男子的视线和俯冲惯性，罗维趁机旋转雨伞，雨伞的支架部分突然弹射了出来，与伞柄分开成两个部分。白发男子虽然被伞支架冲退了两步，但身手迅捷的他立刻将雨伞支架扯开扔到了一边，并横起匕首迅速地往前突进，但是又瞬间停住了——此刻，坐在地上的罗维用左手举着剩下的伞柄，指着白发男子，伞柄的尖头是一把金属利刃。整个伞柄已经变成了一把细长的刀，罗维将刀刃抵在了白发男子的脸前，两人的动作都停了下来。

一瞬间发生的事，张亚然这时才反应过来：“罗维！”她立刻放下雨伞，扶住了罗维不停流血的右臂。

白发男子突然大笑起来："哈哈！行啊，小伙子，连摄影师都被你们放倒了！"

罗维对着白发男怒吼道："你是什么人？！"

白发男收起匕首道："你不是会读心吗？你猜我是什么人啊！"

罗维迅速平息怒火冷静了下来。他知道，越是这种时候越需要冷静。

罗维说："我来之前已经报了警。我不管你的目的是什么，如果你想在这里杀人，警官马上就可以找到你！"

张亚然见状，一手扶着罗维，一手立刻开启了电击棒对着白发男。

"呵，不好意思，我从来不杀人的。"白发男冷笑着说，然后拿出一卷绷带和药膏扔给张亚然，"拿去好好止血吧。"说完，白发男拿起了倒在地上的黄衣男的雨伞，朝着反方向准备离去。

罗维说："等一下！"

白发男没有理会。

罗维问："摄影师是什么意思？"罗维知道，如果直接问他的目的，他是肯定不会回答的，必须在他走之前套出更多的信息。

"这我倒是可以告诉你。"白发男停下脚步，冷笑一声，侧着头对罗维说道，"这个穿风衣的是导演组的人。"

罗维问："导演组？"

白发男说："就是这个游戏的导演组。这么说你应该懂了吧。"说完，白发男继续往远处走着，"不说啦！只要你们今天不影响我的计划就行，反正明天还会再见的。"说罢便从巷子的另一端离开了。

罗维望着消失在雨中的白发男，心情始终无法平静下来。太多的问题需要分析，太多的危险需要预防。突然，罗维感到眼前一暗，意识渐渐模糊。他看着流血的右臂，突然意识到白发男的匕首上有毒!

张亚然问："你怎么样了罗维？！"

罗维突然抓住张亚然的手，用最后的一点意识和力气对张亚然说："梁……雨……"

罗维昏倒在了张亚然的怀中。

一段时间过去了，罗维醒了过来。他穿着不认识的厚厚的睡衣，躺在一张宽大的白床上。这是一个陌生的单人卧室，周围没有人，非常安静，整个房间灯光明亮，是非常精美、豪华的欧式装修，窗外天色全黑，雨虽然停了，但空气却依然潮湿。

"这应该是亚然的家吧……"罗维这么猜着，喊了一声，"亚然？"

也许是毒性还没退去，罗维的听觉仍然没有完全恢复，一直能听到些许的嗡鸣声。这时，他听到了一阵急促的脚步声慢慢靠近，在卧室门口停住。"是张亚然吗？"罗维又问了一句，但是没有人回应。罗维感到不对劲——刚刚的脚步声似乎不止一个人，好像是两个人，或者更多人……一股不安的情绪充斥着罗维的心脏。

虚掩的门被慢慢推开，罗维紧张地看着开门的方向。突然，一只巨大的金毛把门扒开，飞速地冲向罗维的床，然后跳到罗维身上，一边不停地嗅着罗维的脸一边疯狂地甩尾。

“噗！”罗维的头不停地左右闪躲寻找可以呼吸的姿势。

“阿呆，不准上床！”张亚然穿着睡衣抱着一个毛毛虫布偶从门口走了进来。金毛看到毛毛虫布偶，又立刻跑向了张亚然。

罗维缓过气来，拼命睁着死鱼眼看着张亚然：“为什么你的狗也叫阿呆？”

“欸？！你终于醒啦！”张亚然把布偶扔到一边，坐到了罗维的床前。金毛马上跑过去接住了布偶。

张亚然问：“这里是我的房间。”

罗维问：“我睡了多久了？”

张亚然说：“嗯……从下午开始到现在晚上 11 点，差不多 8 个小时吧。”

“11 点？”罗维试着集中精神，却发现非常困难，“你没送我去医院吧。”

张亚然说：“没有啊！我爸是市医院的外科医生，他帮你包扎了伤口。”

罗维说：“原来如此，那我的衣服也是你爸帮我换的吧？”

张亚然：“你的衣服是我换的啊！”

罗维问：“呃，你不介意吗？”

张亚然说：“噗！当然介意啊，所以才要给你换衣服嘛！你穿得那么脏，我怎么可能让你睡我的床？”

“呃……当我没问。”罗维只好当作张亚然想故意避开这个话题。

罗维一边缓缓地坐起来，一边问着：“你爸人呢？”

张亚然说：“他早就上班去了。”

罗维问：“那你妈呢？”

张亚然说：“他们不住一起。”

罗维问：“分居了吗？”

张亚然说：“不是，他们是离婚了。”

罗维说：“原来如此，那你现在是跟你爸住？”

张亚然摇摇头：“并不是，我其实很少来这边的，一般都住我妈那儿。只是因为你我才过来找我爸的。”

罗维说：“冒昧地问一句，你们家庭关系现在如何？你和你爸之间有矛盾吗？”

张亚然说：“嗯，我爸对我妈很不好，经常打她。我不想和他在一起生活，所以离婚的时候，我哭着闹着留在了妈妈身边。爸爸家里非常有钱，他继承了爷爷的遗产。这栋别墅就是我爷爷留给他的。”

罗维说：“但他终究是你爸，你的生活仍然很多方面都接受了他的资助，包括你那个甜品店，对吗？”

张亚然说：“是的。”

罗维说：“看来我猜得果然没错。”

张亚然问：“你猜了什么？”

“我们这10位玩家根本不是随机选出来的。”罗维摸了摸右肩的伤口，感觉已经好多了。

张亚然问："不是根据点击那个链接的顺序选的吗？"

罗维说："不完全是，我们10位玩家都有个共同的特点，那就是拥有在短期内筹集到巨额资金的能力，且非常渴望在短期内赚到钱，比如你我这样的人。"

罗维喝了口水，继续说道："我父母都是做房地产的，他们都很有钱。我4年前离家出走，你和我一样，都出生在非常有钱的家庭，却又出于各种原因不愿去享有这份资源。那个林忠寒我也调查过，他是今羽茶馆的大老板，这个今羽茶馆在全市还有3个连锁店，而且都是在非常繁华的商业地段，他的家产可想而知。但是你应该不知道，他以前是个赌徒。"

张亚然感到非常惊讶。

罗维说："根据我的调查，他现在仍然欠着一屁股债。所以对他来说，他急需一笔巨款来还债。而他又肯定舍不得卖掉自己好不容易在繁华地段买下的茶馆。因此才会这么执着于参加这个游戏。"

张亚然说："原来是这样！"

罗维说："还记得第四条规则吗？每个人都可以花100万元买数字。"

张亚然说："当然记得啊！你是说，其实我们每位玩家都是有能力买数字的？"

罗维说："没错。主办方早就知道这一点，所以才敢出这么高的价格卖数字。目前应该还没有人会买，但到了游戏后期，总会有人忍不住。比如，如果你现在还差3个数字就能获得全部的密码，而这 3 个数字又很难通过交易得到，你不会有买数字的冲动吗？这个时候，你只要花 200 万元，就能直接得到 1000 万元，这笔交易不要太划算了。”

张亚然说：“的确是这样。”

罗维说：“哪怕花 300 万元、400 万元甚至 500 万元，肯定都会有很多人愿意的。”

张亚然说：“有道理欸！”

罗维顿了顿，看着张亚然说道：“那我现在问你，你愿意吗？”

张亚然问：“嗯？什么意思？”

罗维拿起床边已经完全没电的手机，对着张亚然道：“我们现在有几个数字了？”

张亚然吞了吞口水说：“6 个。”

罗维表情非常严肃，说：“那么，我们现在只要花 300 万元，奖金就是我们的了。你愿意花这 300 万元吗？”

张亚然看着手机，思考了很久。

张亚然问：“你愿意吗？”

罗维说：“我可以告诉你，我不愿意。”对罗维来说，成本超过 5 万元块就已经失败了。

张亚然笑了笑说：“我跟你一样。”

两人看着对方，都微微地笑了。金毛歪着头望着两人，感到气氛非常诡异。

此刻的罗维，已经对这个游戏了解得非常透彻了。

所谓的交换数字，就像是做生意，信誉好的商家可以获得更多的客源，而卖假货的商家则可获取大量既得利益，茶会便是一个市场，所有的人都可以在市场上公开公平地做生意。茶会之外便是黑市，无法在茶会做生意的商家只能在黑市进行交易，而黑市的交易没有法律的保障，被骗了也只能闷声；购买数字，则等于行贿，直接向法律制定者购买特殊的权利，以获取更高的回报。

过了一会儿，罗维感觉头脑清醒了一些，但耳鸣声还在。

张亚然问："你现在没事了吗？"

"嗯，没事了。"罗维扭动了一下脖子，认真地说道，"现在开始来处理游戏的事吧。"

张亚然点了点头说："可惜已经浪费一天的时间了。"

罗维说："没关系。你今天有收到什么消息吗？"

"这个。"张亚然拿出了自己的手机给罗维，上面显示着一条短信：

9号玩家【A金灿灿房屋咨询顾问梁雨】因使用完两次尝试机会，已被淘汰出局。

——黄油

张亚然说："这是你醒来之前收到的。"

罗维叹了口气说："果然会这样……"

张亚然非常委屈地说："你晕过去之前对我说了梁雨的名字，但我不知道该做什么。"

"这不怪你。"罗维凝着眉头说，"我本来的计划是今天晚上去找梁雨交换数字的，可惜梁雨已经出局，想要再拿到她的数字就很难了。看来那个白毛早就知道我们想要做什么。"

两人沉默了一会儿。

张亚然说："我有个猜想！可以说吗？"

罗维说："你说。"

张亚然说："我总觉得，这个梁雨的出局和今天袭击我们的那个男人有关。"

罗维问："为什么呢？"

张亚然说："你当时可能没听清，那个男人走之前说了一句话，他说只要我们今天不影响他的计划就行。"

罗维问："他的计划？"

张亚然说："我只是随便猜的咯。"

罗维说："你的猜测是有道理的。"

张亚然脸红了起来，然而罗维并没有注意到。

罗维说："今天晚上到底发生了什么事，只有等明天的茶会才能知道了。"

张亚然问："那个白头发的男人是主办方的人吧？不然他怎么说跟踪我们的人是什么导演组？"

罗维问："那你觉得他为什么要袭击我们？"

张亚然说："因为我们快要获胜了啊，如果我们不花一分钱就获胜，那他们不就亏钱了吗？”

“不，如果他真的是主办方的人。”罗维摸着下巴思考着，“他一定不会告诉我们那个服务员也是主办方的人，不管他说的是不是真的，他都没有理由告诉我们。”

两人又沉默了一会儿。

罗维说：“这个人很有可能跟那个服务员一样，是林忠寒的手下。”

张亚然问：“寒叔真的会做这种事吗？”

罗维说：“林忠寒这个人城府非常深，千万不要凭第一印象去判断他的为人。”

罗维继续说：“如果白发男说的是真的，那个服务员是主办方的人，那么林忠寒就很有可能和主办方有关系……也许他将会是我们最难对付的敌人。”

张亚然低着头。制定了茶会规则、一直都在主持公道的群主林忠寒，却在背地里雇用打手袭击其他玩家，这显然是张亚然无法接受的。

罗维说：“对了，你还记得今天茶会上发生的事吗？”

张亚然说：“哦对，我后来一直没机会跟你讲。9号骗了我之后就离开茶会了，她给我的数字是‘6’。”

罗维说：“嗯，也就是说，9号的数字不是‘6’，那就只可能是‘2、4、9’中的一个。”

张亚然问：“那你知道她为什么要骗我吗？”

罗维说：“我也只是猜测……她宁愿退出茶会也要消耗掉你

的一次尝试机会，那么说明她很有可能跟我们一样，也已经和茶会上的某位玩家结盟了。”

张亚然说：“哇，我也是这样想的欸。”

罗维说：“她第一天的茶会邀请对象也是你，很显然。”

张亚然说：“她是在针对我！”

罗维说：“没错，如果真的是这样，那这个联盟在第一天就已经成立了，而‘6’这个数字就一定是她盟友的数字。”

张亚然说：“所以她的盟友肯定不是麦芽妹和四明！”

罗维说：“对，她的盟友应该就在林忠寒和格桑紫玲之中。”

张亚然问：“你觉得会是谁？”

罗维说：“目前来看，更有可能是林忠寒，因为只有他有可能在第一天就知道我们两个已经结盟的事，所以才开始针对你。”

张亚然说：“寒叔和梁雨结盟，梁雨的盟友会不会不止一个呢？”

罗维说：“也有这种可能，但可能性很小。3个人结盟，首先奖金平分就很少了，而且一旦有人想背叛，就等于直接和另外两个人为敌，代价太大了。除非3个人像刘关张桃园结义的关系一样牢靠，那种可能性也基本为零。”

张亚然说：“那还有7号呢？”

“对，还有7号……”罗维又摸着下巴思考了一会儿，说道，“7号到现在都没有现身，所以我一直都没有把他放到考虑范围之内。如果7号在幕后参与着游戏，并在暗处接触了9号。的确，9号梁雨也有可能会和7号结盟。如果真的是这样，”罗维看着张亚然，

“两个结盟的人不能全都游离在茶会之外，7 号很有可能明天就会在茶会上出现。”

张亚然说：“对了，还有件重要的事忘了告诉你！”

罗维问：“什么事？”

张亚然说：“梁雨今天问我要的不是我的数字，而是 4 号阿呆的数字。”

罗维说：“我想想。”

罗维说：“亚然，除了我和 4 号以外，你的数字有没有告诉过任何人？”

张亚然说：“绝对没有！”

罗维说：“也就是说，她有可能在第二天就已经跟 4 号私下交易过，并且得到了你的数字。不对，如果是这样，那她得到的数字应该都是正确的，可她今天却因为两次尝试错误出局了……

张亚然认真地看着罗维。

“对不起，亚然，目前信息量还是太少了，我分析不出来。”罗维捏着鼻梁，看来毒性仍未完全消退。

张亚然问：“你头还晕吗？”

罗维点了点头说：“还有点儿。”

张亚然看着罗维，眼神中流露出难过和担忧。

罗维说：“亚然，今天谢谢你救了我。”

张亚然双手握着罗维的左手，用母亲对孩子说话的语气对罗维说：“你多注意身体吧，实在不行就不要继续了。”

罗维笑了笑，看着张亚然问：“你会害怕吗？”

张亚然低着头，没有回答。

“没关系，发生这种事，害怕也是理所当然的。”罗维转头看着窗外，“接下来的游戏会更加危险，如果你觉得不值得，提前放弃也是很好的选择，就像10号那样。”

张亚然问：“那你呢？”

罗维说：“我会继续。”

“嗯。”张亚然突然又像个孩子一样，露出自信的表情，“那我也陪你玩下去！”

罗维仔细观察着张亚然的每个表情和动作，一切都无比地自然，从见到张亚然的第一天起罗维就在观察她的一举一动，每句话和每个表情，永远都是最自然、最稳定的状态——这个女孩儿从来没有对自己说过半句假话。

罗维看着张亚然感到非常惊讶，他一辈子都没有见过这种人，哪怕自己的前女友。他甚至对自己的测谎能力感到怀疑。

两人沉默地对视着。

张亚然慢慢地往罗维的脸上靠过去，在这个才认识不到3天的男人的左脸颊上留下了一个吻。

两人继续沉默地对视着。

罗维心中的忧虑消失了，他用左手反握住了张亚然的双手，语气温和地说道：“明天的茶会非常重要，有可能会有危险，你一定要做好准备。”

张亚然乖乖地点了点头。随后两个人和一只狗在这个房间度过了第三天的夜晚。

梁雨的盟友到底是谁？为什么她会选择查看四明的数字？

罗维昏迷的过程中发生了什么事？

白发男究竟是什么人？

7 号玩家是否会现身？

…………

想要弄清楚所有的问题，必须在明天的茶会上找出答案。

11 月 25 日（星期四），下午 1 点，今羽茶馆。

张亚然的身体像被固定在了座位上，一动不动，她瞪大双眼，惊恐地看着眼前的这个男人。

“大家好，自我介绍一下，我是 7 号玩家郭少非，今天才来参加茶会真是不好意思，哈哈！”白发男子笑嘻嘻地站在 7 号的位子对着所有玩家说道。

密码游戏
CODE GAME

第八章

剧本

时间回到 11 月 25 日凌晨 4 点。

睡不着觉的罗维一个人来到后花园，一边散步一边思考着。他突然想起什么，拿出手机打开蜂窝网络，看到了一条消息。

Viola：小心白发。

罗维惊讶地看着这条消息，而最让他震惊的，是这条消息的发送时间为 11 月 24 日下午 2 点 05 分，那是罗维正在跟踪服务员的时候。那个时候，罗维为了不暴露自己的行踪，把手机静音了。

星氧：你在吗？

罗维现在才发觉，Viola 的身份并不简单。她到底是什么人？

她参与了游戏吗？我从来没有见过她，她会不会利用这点以别的身份偷偷接近我？比如假扮成某位玩家……

简短的一条信息，让罗维脑补出了十几种可能性。Viola这个女人的出现，无疑是在罗维脑中原本就错综复杂的关系网上又遮上了一层谜团。罗维急需向Viola问个明白，至少得先确认她是朋友还是敌人。

Viola：在。

罗维内心：这么晚居然还在！她很有可能在做什么事，必须要在晚上才能做的事。

星氧：方便接电话吗？

Viola：不方便。

Viola：你遇到白发了吗？

星氧：我被他刺伤了。

Viola：不要紧吧？

星氧：我没事。

Viola：没事就好。

星氧：你是不是在跟踪我们？

Viola：噗！

星氧：你回答我的问题。

Viola：没有。

星氧：那你怎么会知道白发男的事？

Viola：你别管。

Viola发消息一直都很简短，总让人觉得很高冷。但罗维知道，她只是单纯地内向和害羞。

看来Viola并不打算回答罗维。不过好在她不是敌人，至少暂时看不出敌意。

星氧：可以告诉我你是什么人吗？你和密码游戏到底有什么关系？

Viola：你别管。

因为之前一直没回Viola的消息，罗维能感觉到，她有点儿生气了。罗维现在根本不关心Viola是否生气，他只在乎Viola的真实身份。

星氧：好，我不管。但你必须回答我一个问题，你到底是不是玩家？

Viola：哼！

星氧：……

Viola：我只能告诉你一件事，就是我会暗中保护你的安全。

星氧：……

Viola：拜拜。

之后星氧继续发消息都没有得到任何回复。神秘的女人。

下午 1 点，茶馆。

郭少非说完就一直表情中带着歉意傻笑着，看起来像个不懂事的人。

四明笑着对张亚然说："你看，有个比你更喜欢迟到的人出现了。"

张亚然仍然一脸惊恐地看着郭少非。

格桑紫玲好奇地问："为什么你现在才加入游戏呢？之前没看到消息吗？"

郭少非红着脸回答："呃，我其实早就看到了，但我个人出了点事，受伤了，所以耽误了几天，真的不好意思！"他一边说着，一边捂住右手臂上的绷带。

"我也是今天早上才收到他的消息。"林忠寒拧着眉心说道，"虽然迟到了这么久，但毕竟他也是 10 位玩家中的一员，所以我个人认为他有资格参加茶会，你们觉得呢？"

大家都沉默了一会儿。

对其他玩家来说，平白无故多了一个竞争对手是件非常让人生气的事。但如果能先于其他玩家抢到这个多出来的数字，对于分数落后的玩家也是一个机遇，而且这个人刚刚加入游戏，应该没有和任何人交易过，因此目前的他应该是全场最劣势的玩家，对自己也没有太多威胁……所有人都在思考着利弊，除了张亚然，她很清楚，这个人绝对不是一个普通的玩家，他的存在可能将直接导致游戏提前结束。

张亚然推了推胸前的蝴蝶结，试着把蝴蝶结中间的针孔摄像头对准坐在对面的郭少非，然后拿起手机给罗维发送消息：现在怎么办？

茶馆不远处的一座公寓楼顶，罗维盘腿坐着，一边死盯着平板上的直播画面，一边拿着手机回复张亚然。

星氧：先不要搭理他。

星氧：他如果想继续玩下去，一定不会在茶会上暴露自己。

Yaran：好。

茶会上。

麦芽妹说："你的手臂为什么会受伤啊？"说着，所有人都看着郭少非打着石膏、缠着绷带的右手手臂。

"啊！"郭少非略显慌张地小声说，"说出来你可能不信，这个是被 1 号星氧刺伤的。"

所有人又惊又疑。

郭少非看了看大家："就是第一天啊，我们得到数字的那天早上，我刚出门，就被那个 1 号找上门来逼问我数字，我没给他，然后他就拿刀刺了我，我用右手挡住，他就跑掉了，还好没什么大事，哈哈哈！"

四明说："所以你这么久不参加游戏原来是养伤去了啊！"

郭少非一脸委屈地说："我怕我一参加游戏，又碰到那个1号，我是吓得不敢出门了。"

四明问："那你怎么今天又来了呢？"

郭少非说："是群主跟我说，那个1号已经不在茶会了，我才敢来的啊！"说完郭少非瞄了一眼张亚然。

此时的张亚然怒火已经注入了她的每个细胞，她再也忍不住，正准备站起来向大家说明真相，突然罗维又发了一条消息过来。

星氧：不要冲动。

星氧：保持冷静，千万不要让别人发现你的情绪。

星氧：如果你这个时候和他为敌，那么所有人都会知道你跟我结盟的事。

张亚然闭上眼睛，克制住了自己。然而刚刚一闪而过的愤怒表情依然被格桑紫玲捕捉到了。

"咯咯……的确是我让他来的。"林忠寒脸色稍微有些尴尬，"不好意思，没有提前跟大家说。但是他到底能不能临时加入茶会，还是得听大家的意见。"

四明说："我倒没什么问题欸。"

麦芽妹说："我觉得可以啊！"

格桑紫玲和张亚然都没有说话。

林忠寒问："亚然，你觉得呢？"

张亚然立刻调整情绪，右手托着脑袋，一副很无所谓的表情说：“嗯，也行吧。我挺相信他的。星氧也确实是会干出那种事的人啊！”

林忠寒问：“格桑紫玲你怎么说？”

格桑紫玲看了看张亚然：“既然亚然都觉得没问题，那我也同意喽！”

“谢谢大家！”郭少非马上鞠躬道谢，他仿佛听到了掌声。

这时，罗维又给张亚然发了消息。

星氧：放心吧，我会想办法对付他的。

张亚然又闭上眼睛。“放心吧，我会想办法对付他的”，张亚然内心重复着这句话，让自己冷静了许多。

罗维从来没有让张亚然失望过，她相信这次也一样。只要罗维说出这句话，他就一定能做到。

郭少非在公约上签了自己的名字。

林忠寒说：“那么现在开始今天的茶会吧。”所有人都按照规矩在卡片上写下了一个序号。

2号张亚然的卡片：8（格桑紫玲）。

3号麦芽妹的卡片：7（郭少非）。

4号四明的卡片：7（郭少非）。

5号林忠寒的卡片：7（郭少非）。

7 号 407299 的卡片：4（四明）。

8 号格桑紫玲的卡片：3（麦芽妹）。

罗维收到消息。

Yaran：77743。

星氧：了解。

茶会上。

四明说："哇！这么多人选 7 号！"

林忠寒说："还是老规矩，票数最多的 7 号先选择交易对象。"

郭少非说："啊？就到我选了吗？这……那我还是选 4 号吧，毕竟我的卡片上写的也是他。"

四明说："哇！这是什么操作？"

郭少非笑了笑说："哈哈，因为你是第一个同意我加入茶会的啊！"

四明和郭少非愉快地在白纸上写上了双方想要交换的信息。不久，两人同时在手机上完成了验证。罗维在视频直播中关注着两人的表情，突然发现，在两人都声明交易成功的瞬间，四明的脸上显现出一股惊诧的情绪看着郭少非。罗维思考着什么。

麦芽妹同意了格桑紫玲的交易邀请，双方交易成功。

而格桑紫玲则拒绝了张亚然的交易邀请。

罗维内心：果然如此，看来她已经猜到了。

第四天的茶会结束了。所有人起身离开，张亚然仍坐在位子上一动不动。郭少非走在队伍的最后。

当所有人都离开房间时，郭少非在张亚然身边停下了脚步，悄悄地说了一声："晚上8点，叫罗维来人民公园。"说完，充满恶意地冲着张亚然笑了笑，然后走了。

下午3点，罗维来到了张亚然的甜品店。

"这位客人，来尝尝本店今天的主打甜品——芝士双皮奶！"张亚然端着两杯双皮奶坐到了罗维的前面。

罗维说："你这情绪变化得也太快了吧。"

张亚然抿着嘴笑："哼哼，看到你我就开心了呀！怎么样，第一次来我们店，感觉如何？"

"嗯，挺不错的。"罗维嘴上敷衍着，脸色阴沉。

张亚然依然傻笑着。

两人一言不发地吃着双皮奶。

"张亚然。"确定这次没有人跟踪，罗维开口打破了寂静，"你还是退出游戏吧。"

张亚然问："为什么又这么说？"

罗维说："我总有种不好的预感，这个游戏对你来说太危险了。"

张亚然说："那你也退出呗！"

罗维说："我不会的。"

张亚然说："那我也不。"

罗维看着张亚然清澈的眼神，不再继续重复对话了。

张亚然问："你晚上会去人民公园吗？"

罗维说："当然要去。"

张亚然问："你不怕他再对你动手吗？"

罗维笑了笑说："他不会的，他的目的只是获得我的数字。"

看着张亚然依旧是一脸担忧的表情，罗维继续解释："郭少非在茶会上说的那个谎一定是很早之前就准备好的，他有一个很大的计划，要弄清他的计划，我必须当面和他对质。另外，我确定他这次不会攻击我。上一次他攻击我，是因为我们电倒了那个摄影师，也就是给我们录像的人。"

张亚然问："他不是林忠寒派来的吗？"

罗维说："准确地说，是林忠寒为了替主办方拍摄游戏过程派来的。"

张亚然问："拍摄游戏过程？"

罗维说："是的。从昨天起我就一直在琢磨郭少非说的'摄影师'和'节目组'是什么意思，直到今天早上我看了那个摄像头中的视频内容我才想通。"

罗维手里拿着勺子挖着双皮奶，说道："那个视频，里面记录了你每天从茶馆离开后到家里的全部过程，他不仅记录了我和你见面的过程，还记录了你在户外去过的每一个地方，买的每一件东西，拍的每一张自拍。"

张亚然惊慌地说："啊？！这么可怕？那我家里呢？"

“家里并没有拍到。”罗维说，“如果仅仅是为了偷听竞争对手的情报，拍这些东西根本就是多余的。”

张亚然说：“的确。他都已经偷拍到我们的对话了，为什么还要再拍我们的私人生活画面呢？”

罗维说：“所以我猜测，这个游戏的本质其实是一个真人秀节目，而我们现在玩的游戏，正是他们的剧本。这些多余的画面，是游戏的主办方为了塑造我们每位玩家的人物形象。这才是主办方真正的目的。”

张亚然惊诧地看着罗维。

罗维说：“而林忠寒必然也是受节目组的委托才派人跟拍我们的。想必这样的摄影师应该还有很多。”

张亚然问：“那我们不是每天都生活在监控中？”

罗维说：“之前确实是这样，但自从我们昨天发现了那个服务员之后，我就开始留心周围的人，并没有发现有人跟踪。”

张亚然说：“他们知道自己被发现了，肯定不会再派人来跟踪我们了。”

罗维说：“没错。”

张亚然说：“既然这样，那这个节目组说的 1000 万元奖金会不会也只是个噱头？”

罗维说：“肯定不会。现在这个密码游戏已经火了，全国都知道这是他们承办的活动。以密码游戏的人气拍摄一部真人秀的电影，哪怕是 2000 万元的成本都是值得的。因此，这个游戏一定还是要继续玩下去。”

张亚然说：“所以我们也要配合节目组，把这部戏演完。”

罗维又喝了口奶，问：“你现在知道郭少非为什么那天会攻击我们了吗？”

张亚然说：“呃，我还是不知道。”

罗维说：“很明显，郭少非一直在跟着我们，他在寻找机会把我放倒让我出局。与此同时他也知道，有个摄影师也在偷拍我们，如果他直接出手，势必会被摄影师拍到，那么就违背了游戏规则的第三条不准使用暴力，他就会被节目组踢出局。”

张亚然说：“原来如此！所以我们才刚刚把那个服务员电晕，他就出来动手了！”

罗维说：“但是今天不同，他已经知道我们有防备了，这个时候再动手无疑会暴露他自己。”

张亚然说：“对，我就一直用摄像机拍他，如果他今天再动手，我们就把他的视频传到群里，不对，要传到网上！”

罗维说：“你别想了，他只让我去，又没让你去。”

张亚然张大嘴巴，一脸惊慌地看着罗维。

罗维说：“好吧好吧，带你去。”

张亚然并未察觉到，此时的自己对罗维来说，已经没有什么利用价值了。罗维心中一直在计算着张亚然这张牌的价值，麦芽妹和四明的数字都早已拿到，郭少非、林忠寒、格桑紫玲都不是简单的人物，如今的张亚然已经没有多少人可以骗了。

张亚然说：“罗维，我一直有个问题。”

罗维说：“你说。”

张亚然问：“你到底是怎么看穿别人的谎言的？”

罗维反问：“怎么？你想学？”

张亚然：“嘿嘿。”

罗维说：“这种东西要看天赋的，我教不了你。”

张亚然说：“你嫌我菜！”

“是真的。”罗维笑了笑，“这玩意儿大部分都只能靠感觉。感觉这种东西只能作为参考，并不能保证完全准确。”

张亚然问：“也就是说你的谎言分析也有失败的时候？”

罗维说：“我从来没有失败过。”

张亚然翻了个白眼。谎言分析对罗维来说是与生俱来的能力。在罗维眼中，从小到大身边所有人的说话方式和语气都像幼儿园的小孩子一样直接明了，只要谁一说谎话，那些特征就像文字一样写在了那人的脸上。偶尔也会出现几个善于隐藏的人，但只要罗维稍微细查一下，看穿依然是非常简单的事。

罗维从未遇见过自己无法看透的人，而罗维的心里似乎也对此感到无奈——罗维一直期待着有一个让他无法看透的人出现，这个隐晦的期待连他自己都不曾察觉。

突然罗维的手机收到两条消息。

Viola：快来市医院！

Viola：四明被送进 ICU 抢救了！

罗维和张亚然惊恐地互相看了一眼。

第九章

代价

罗维和张亚然两人坐在开往医院的计程车上。

张亚然低头默念着："阿呆……"

罗维沉默地看着窗外，不知道该说些什么。给 Viola 发了好几条消息，并未得到任何回复。

下午 4 点，市医院。

罗维和张亚然赶到了抢救室门口，一个穿着西装的青年男子正急躁地来回走着。

张亚然问："你是阿呆的亲人吗？"

西装男说："嗯。你们是？"

张亚然说："我是阿呆的朋友，我叫张亚然，这位是罗维。"

罗维的目光正在四处寻找一个女人的身影。

西装男说："啊，你们好。"

张亚然问："阿呆怎么样了？"

西装男焦虑地回答："我看到他进去的时候，浑身是血，已经没有意识了。"

张亚然问："你知道他为什么会这样吗？"

西装男说："据说是在街上被一个巨型广告牌砸倒了。"

张亚然问："据说？据谁说？"

罗维走上前，抢过张亚然的话："你好，请问你是怎么知道四明出事的？是有人告诉你的吗？"

西装男说："是一个陌生人打电话告诉我的。"

罗维问："陌生人？"

西装男说："是的，是个女人。"

罗维说："可以给我看看她的电话号码吗？

西装男翻出通话记录，罗维也拿出手机对照了一下。

"是那个女人。"罗维发现，西装男所说的那个陌生女人就是 Viola。

西装男和张亚然疑惑地看着罗维。

"等一下。"罗维突然意识到什么，"你说你是四明的亲人，而且你口中的陌生女人有你的手机号，你叫什么名字？"

西装男说："哦，我叫赵伯明，是赵宇杭的哥哥。"

张亚然问："赵宇杭？就是阿呆？"

西装男说："没错。"

罗维说："你就是六明吧。"

西装男眼神凝聚起来，问："难道你们是……玩家？"

罗维说："重新介绍一下，我是1号星氧，这位是2号Yaran。"

傍晚，某街道，郭少非正蹲在路边拿着手机打游戏，这时一通电话打了进来。

郭少非："喂。"

熟悉的男人声音："是你干的吗？"

郭少非笑道："嗤，当然是我啊，不然还有谁呢？"

男人叹了口气道："没出人命吧。"

郭少非说："放心吧大哥，我不是没有分寸的人。跟你混了这么多年，难道你还不了解我吗？"

"嗯，知道了。"男人挂断了电话。郭少非继续打游戏。

晚上7点，市医院，抢救室门口。

医护人员从抢救室走了出来，3人凑上前去。

赵伯明问："我弟弟怎么样了？"

医生说："病人基本已经脱离生命危险了，但因为脑部受到重创，意识依然没恢复，接下来的3个月都要留院观察。"

赵伯明问："我可以进去看他吗？"

医生说："暂时还不行，你们先等等吧。"

赵伯明瘫软地坐下来，罗维和张亚然都看到，赵伯明身上那件白色的衬衫后背部分已经被汗水浸透了。

张亚然说："阿呆太可怜了。"

罗维说："没想到4号会以这种方式出局。"

张亚然问：“我们怎么办？”

“有些事需要确认一下。”罗维坐到赵伯明的对面望着他，“赵先生，我有几个关于密码游戏的问题想问你，你看现在方便吗？”

张亚然小声说：“罗维。”

赵伯明说：“你问吧。”

罗维盯着赵伯明的双眼说：“你说你已经放弃了密码游戏，是真心的吗？”

赵伯明说：“是的。我是个没有追求的人，这种游戏也不适合我。”

罗维问：“四明之前在游戏中说他和你有嫌隙，是指的什么？”

赵伯明说：“原来他跟你们说了啊！我们俩是同父异母，父亲离异后就一直带着宇杭，但父亲经常打骂他，他经常向我求助，可我都没有时间去管他，此外父亲经常在经济上帮衬我，反而对他的关心很少。久而久之，他把对父亲的怨恨归结到了我身上。”

罗维说：“你们的父亲，应该是一位富豪吧。”

赵伯明说：“差不多吧，但是我们和他关系都不好，我也已经很久没联系他了。”

罗维看得出赵伯明并没说谎。

罗维说：“最后一个问题。”

赵伯明说：“你说。”

罗维问：“你觉得，四明的事故是意外吗？”

3个人都沉默了。

“有样东西给你看一下。”赵伯明说着，从口袋中掏出了一个钱包，然后从钱包中拿出一张银行卡，“这个钱包是我今天在四明的身上发现的，这个银行卡，是我爸专门用来汇款的银行卡。”

罗维说：“也就是说，他今天找过你爸。”

赵伯明说：“四明他很少出门，而事故发生的地方离他家很远，附近正好有这个银行的营业厅。”

罗维说：“他是来转账的。”

赵伯明说：“看来咱俩想的一样。”

罗维终于明白，说：“看来我们想得都没错，他是来买数字的。”

赵伯明说：“只有这种可能了。”

罗维说：“也就是说，你怀疑他是被别的玩家故意伤害的。”

赵伯明说：“四明去买数字，说明他已经获得了大部分的数字，对其他玩家来说，如果不阻止他买数字，那么他很可能马上就可以获胜了。”

罗维说：“他在茶会上交易的次数太多了，大家都能看到。”

赵伯明思考着，说：“你能想到是谁袭击他的吗？在那群玩家中间。”

罗维笑了笑，看着张亚然。

张亚然说：“能做这种事的人，也就只有他了吧。”

罗维说：“时间不多了，我们走吧。”

罗维、张亚然和赵伯明交换了联系方式，然后离开了。

医院门口，罗维放慢了脚步。

张亚然问：“怎么了？”

罗维一脸阴沉地看着张亚然问："你真的要去吗？"

张亚然说："当然啊，怎么这么问？"

罗维问："你还没发现这个游戏有多危险吗？"

张亚然说："什么啊？"

罗维说："那个郭少非，他每得到一个人的数字，就会用各种方法让他出局，而且不择手段。"

张亚然不自觉地用双臂环抱住自己，双手在大臂两侧上下摩擦。

罗维说："先是梁雨，然后是四明。如果你再不退出游戏，下一个就是你了。"

张亚然虽然是突然意识到这一点，但她马上收敛住了害怕的神情，说："我知道的，所以我才要跟你一起去对付他。"

罗维说："你真的是个小孩儿。"

张亚然说："别说了，马上 8 点了，快走吧。"

张亚然拉着罗维的手快步离开了医院。

晚上 8 点 20 分，人民公园。

僻静的角落周围没有行人，白发的郭少非双手插着口袋，嘴里嚼着口香糖，站在路灯下看着慢慢走过来的罗维和张亚然。

郭少非说："我说了吧，我们今天会见面的，罗星氧。"

罗维懒得回答他。

郭少非说："我说你怎么也会迟到，原来是带了个女的当保镖。"

罗维说："对付你一个人，有张亚然就够了。"

张亚然左手拿手机的摄像头对着郭少非，右手拿着电击棒，警惕地盯着郭少非。

郭少非说：“我一个人？你狗眼瞎了吗？”说完，一个身材健硕的人从阴影中慢慢走出来，嘴里的香烟一明一暗。

张亚然看到那个人影不自觉地后退了几步。

从阴影中走出来的人就是群主林忠寒。

罗维说：“果然是你。”其实罗维并未预料到林忠寒今天会来，但还是装作已经知道。

林忠寒把烟头吐到地上踩灭：“不要摆出一副被骗了的样子好吗，我从来都没骗过你。”接着，从口袋里拿出一根烟点燃，“跟你们一样，我和 7 号从第一天起就结盟了。”

张亚然问：“那阿呆的事也是你指使白毛干的吗？”

郭少非问：“阿呆？”

林忠寒说：“就是 4 号四明。”

郭少非说：“哦，他怎么了？”

“没什么。”罗维看了一眼张亚然，轻声说，“别问这些没用的，他们不会承认的。”

张亚然咬着后槽牙，死死地盯着林忠寒。此刻，林忠寒的形象在张亚然心中已经完全覆灭了。

罗维说：“把我喊来这里是你的意思吧，群主。”

林忠寒说：“那你应该也猜到我会说什么了吧。”

对罗维来说，林忠寒主动来找自己，一定是为了贿赂自己。

“我这张卡里呢，”说着，林忠寒从大衣口袋中掏出了一张银行卡，“有 30 万元。”

“不好意思，我是冲着最终奖金来的。”罗维打断了林忠寒的话，尽管听到 30 万元的时候稍微停顿了一下。

“既然这样我就不说废话了，直接聊聊另外一个交易吧。”林忠寒看着罗维笑了笑，“你们那边应该也拿到挺多数字了吧。”

罗维没有回答。目前罗维和张亚然已经获得的数字仍然是 6 个——3107×8×××5。对他们来说，只要再获得 3 个数字就能获胜。可这 3 个数字却比之前任何一个数字都更难获取。郭少非和林忠寒任何一个人所持的数字，对罗维来说都非常重要。

张亚然问：“你想怎么交易？”语气充满敌意。

郭少非说：“用我的数字，换罗星氧的数字，怎么样？”

罗维说：“没问题。”他没有理由拒绝。

张亚然自信地说：“先提醒你们一句，你们今天就别想耍赖了，在罗维面前你们谁都说不了谎话的。”

郭少非说：“你可别这么说，我们可是诚心诚意来交易的。”说完，他看了看林忠寒。

林忠寒没有回答，仰头呼出一口大烟，然后从口袋中掏出了两副扑克牌，分别扔给了罗维和郭少非：“你们把自己的数字选出来交给对方吧，1 选 A，0 选 Q。”

两人很快选好了牌。

“3，2，1！”两人同时将纸牌飞向对方，半秒后，两人都迅速接住了对方的纸牌。

罗维手上拿到的是一张“4”，而郭少非手上拿到的是一张“Q”。

“走了，祝你玩得开心。”郭少非将纸牌洗入自己的牌堆中，和林忠寒一起离开了。

罗维仍然站在原地看着他们。

张亚然问：“你没有问题要问他们吗？”

“他们什么都不会说的。”罗维摇了摇头，把纸牌给了张亚然，“你拿回去试吧，我还有点儿事，先回去了。”

张亚然问：“你还有什么事？”

罗维说：“没什么，明天中午再见吧，老地方。”说完罗维头也不回地转身离开了。

“你注意安全。”张亚然看着罗维的身影消失在黑暗中。看着那让人安全感爆棚的背影，张亚然完全没有感到一丝不安。

晚上 9 点，罗维、麦芽妹、林忠寒、郭少非和格桑紫玲的手机同时收到一条短信：

2 号玩家【Yaran】因使用完两次尝试机会，已被淘汰出局。

——黄油

玩家群还剩 5 人。

11 月 26 日，星期五，下午 1 点，今羽茶馆，天气晴朗。

“哟，好久不见各位！”摘下了口罩的罗维又重新坐在了 1 号的位置上，微笑地看着所有人。

第十章

天敌

茶会的圆桌前围坐着5个人：格桑紫玲、郭少非、林忠寒、麦芽妹和罗维。

郭少非疑惑又诧异地看着林忠寒：“这是怎么回事？！”

郭少非心里非常清楚，罗维出现在茶会上，就相当于在和他宣战了。

麦芽妹和格桑紫玲看着罗维，不知道发生了什么。

林忠寒没有回答，语气一如往常：“星氧，公约上已经没有你的名字了。你私自来茶会，也不提前知会我们一声，这样做可是不可取的。”

罗维说：“不好意思，下次不会了。”

“你哪儿来的下次啊！”郭少非带着火气，转过身对林忠寒说，“群主，千万不能让这个人留在茶会啊！我的手现在都还绑着绷带，说不定他哪天不高兴了，给我们每人捅一刀。”

“7 号！”罗维大吼了一声，郭少非闻声转头看向他，只见罗维突然站了起来，拿起桌上的茶杯朝郭少非泼了过去，反应迅速的郭少非顺势抬起右手挡在面前，却并没有像预料中那样被热茶泼到。他慢慢放下防御的姿势看着对面的罗维，才发现罗维手上的茶杯是空的。

“你右手要是真的受伤了，干吗还用右手挡呢？”罗维冷笑了一声，又慢慢放下茶杯坐下，然后拿起茶壶倒上了热茶。

郭少非突然意识到了罗维的恶意，瞥了一眼罗维，还是忍住了怒火。麦芽妹和格桑紫玲都看在了眼里。

林忠寒说：“你们两个人在茶会外有什么过节我不管，我只管茶会的事。星氧，你如果想重新进入茶会，就必须经过大部分玩家的同意，这点你清楚吗？”

罗维一边吹着茶一边说：“郭少非一句话就能让你主动邀请他加入茶会，想必背后他也卖了不少情报给你吧。”

麦芽妹和格桑紫玲都疑惑地看着林忠寒。

林忠寒说：“你是个刚愎自用的人，请不要在这儿带节奏了。”

“行，我知道了。”罗维放下茶杯说，“可茶会现在只有 5 个人了，除了我之外还剩 4 个，如果出现平票的情况怎么办？”

林忠寒说：“我说了，是大部分玩家同意，所以如果平票，你就不能参加。”

罗维环视在场的人。

这时，麦芽妹突然说道：“等一下，在投票之前，我想先问一下大家。”

所有人看着麦芽妹。

“你们今天早上都收到黄油的消息了吗？有谁知道4号发生了什么事吗？”麦芽妹语气显得有些焦虑。

所有人都想起了早上收到的黄油发送的消息：

4号玩家【四明】因无法继续游戏，已被淘汰出局。

——黄油

麦芽妹说：“亚然应该是被谁骗了才出局的，但是四明出局的原因却没说明，你们有谁知道发生了什么吗？他会不会已经……”

没有人回答她，只有罗维冷冷地接了一句：“被人暗算了。”

麦芽妹惊恐地看着罗维说：“你知道什么吗？”

罗维问：“4号在茶会上交换到几个数字了，你还记得吗？”

麦芽妹还在回忆，格桑紫玲回答了这个问题：“第一次他和张亚然交换，第二次他和我还有林忠寒都交换了，第三次他和郭少非交换了，如果他还有过私人交易，加上自己的数字，他应该已经有6个以上的数字了。如果我是他，昨天就会花钱去买剩下的数字，这样就直接获胜了。”

林忠寒说：“所以有人为了阻止他获胜，对他动手了，你想说的是这个意思吧。”

所有人都意识到，现在这个时候，任何玩家敢公开自己的优势，无疑是在寻死。

格桑紫玲说：“很明显，是我们玩家之中的人干的。”说着，她的目光移到了郭少非身上。

郭少非看着罗维说：“能做出这种事的，想也知道是谁了。”

罗维右肩的伤隐隐作痛，却不想展示它。

林忠寒说：“好了，先投票吧，决定星氧能不能留下来。”

所有人都看向罗维。

林中寒说：“我数到‘3’，同意的人就举手吧。”

罗维内心早已对每个人进行了分析：

3号麦芽妹，三天的茶会交易下来，她跟5号林忠寒和8号格桑紫玲两个人交换过数字。麦芽妹第一天就被摩杰骗走了一次尝试机会，对自己能力没有自信的她大概率是不敢在茶会外和别人私下交易的，毕竟再被骗一次就game over了。因此她目前已知的数字，加上她自己的，应该是3个至4个，处于非常劣势的状态。

8号格桑紫玲，茶会上记录的交易一共也只有两次，一次和4号四明，另外一次和3号麦芽妹。她自己已经说了，如果她像四明那样拿到了6个数字，一定会愿意花钱买剩下的数字，所以她目前所拥有的数字也应该不超过5个，也是劣势。

还有一种可能，3号和8号结盟，即使是这样，她们所拥有的数字总和也一定不会超过5个。刚刚我暗示了林忠寒和郭少非结盟的事，想必这两个女生都意识到自己的劣势，必然急需和我交换数字，因此她们两个大概率会同意我加入茶会。

7号这个畜生一定不会同意。

剩下就是5号群主林忠寒了。到了此时还会对林忠寒抱有期待，都是源于昨天晚上的交易。

首先可以肯定的是，在第一次的茶会上，所有人的信息量都很少，5号林忠寒和3号麦芽妹交换的一定是各自的数字，不可能是其他玩家的数字，因此林忠寒手上一定有3号的数字——0。所以我昨天投石问路，故意选择了3号的数字0给郭少非看他的反应，然而通过他的表情可以知道，他并没有感到奇怪。那么就有两种可能性，一种是7号和5号虽然结盟，但他们之间并未完全交换已知的情报，另一种就是7号想测试5号告诉他的情报是不是正确的。无论哪种可能，都说明5号和7号的这个结盟并不稳固，林忠寒和郭少非不一定会同心同德。

相信昨天给他们的数字已经让他们明白，通过私人交易想从我这儿拿到数字是不可能的。张亚然已经出局了，那么我目前持有的自己的数字和6号摩杰的数字，一定是其他玩家都没有的，因此现在的林忠寒如果想要得到我或者6号的数字就必须从我这儿得到，并且只能以茶会交易的方式。

此刻对罗维来说，能不能重新加入茶会，关键就看林忠寒了。

“1，2，3。”

除了郭少非，其他人都举手同意了。

罗维嘴角轻扬，又端起了茶杯，抿了一口。郭少非露出了诧异的表情看着林忠寒，并未作声。

林忠寒说：“恭喜你了，星氧。”

罗维重新在公约上写上了自己的名字：“那就别废话了，赶快开始吧。”

所有人都在卡片上写上了数字。

1 号罗维的卡片：8（格桑紫玲）。

3 号麦芽妹的卡片：1（罗维）。

5 号林忠寒的卡片：1（罗维）。

7 号 407299 的卡片：8（格桑紫玲）。

8 号格桑紫玲的卡片：1（罗维）。

自从得知郭少非加入茶会后，罗维就已经在心里为自己制定了赢得这场游戏的基本战略规划：

剩下的未知数字为“2、4、6、9”，一共 4 个，被 5 号林忠寒、7 号郭少非、8 号格桑紫玲和 9 号梁雨所持有，有两次尝试机会，所以只要知道其中的两个数字，剩下的两个数字就都可以知道了；

想要让郭少非自己把数字交出来已经不可能了。5 号和 7 号的数字最好从梁雨身上入手，梁雨的盟友到底是不是 7 号？梁雨出局的那天发生了什么事？这两个问题一直没有得到解决，如果能解决这两个问题，那就能知道“6”这个数字是谁的；只要得到了 8 号的数字，再搞清楚梁雨的盟友是谁。只要不是 8 号，那么罗维就能获胜。

所以罗维今天的目标就是8号格桑紫玲，这也是他今天想方设法重新加入茶会的目的。

摆在罗维面前有3个选择：3号麦芽妹、5号林忠寒、8号格桑紫玲，这让罗维的内心又犹豫了一下：

3号麦芽妹和格桑紫玲交易过，但是在第三天的茶会上交易的，并不能确保她们交换的是本人的数字，也就是说现在的3号不一定会知道8号的数字。选择向3号去要8号的数字，风险太大了。

5号林忠寒，他是目前优势最大的玩家，在这种优势面前，即使退出茶会他也能获胜，因此他有可能直接在茶会上说谎，而我又不能暴露我的测谎能力，现在选他也很危险。

还是直接和8号交换数字最稳妥。

林忠寒问："你选择和谁交易，星氧？"

"我选8号。"罗维看了格桑紫玲一眼，发现格桑紫玲正笑着看向自己，没有说话。

格桑紫玲接过白纸。罗维始终在观察着格桑紫玲，希望能从这个和自己没有过什么交流的女人身上看出一些值得提防的属性，然而什么都没找到，这让罗维放心了一秒，然后又开始担心——这个女人的表现太自然了。

格桑紫玲写了一句话递给罗维。罗维拿过来看，意识到问题不简单。

我不想在茶会上交换数字，请配合我假装交易成功，我们私下再交易。

罗维望了一眼格桑紫玲，她的表情和行为都没有任何破绽。

必须和这个女人搞好关系，这是战略规划的第一步。

没办法。罗维在纸上写下了一个“好”，将纸递回给格桑紫玲。然后两人在其他人面前假装交易了一番，没有多余的动作，就各自坐下了。

林忠寒说：“格桑紫玲，你还可以跟 7 号交换，怎么说？”

格桑紫玲说：“不用了。”

“啧。”郭少非眯着眼瞥着罗维。

于是，第五天的茶会结束了。

临走时，罗维偷偷递给了麦芽妹一张字条。

下午 2 点，咖啡厅。格桑紫玲和罗维面对面坐着。

格桑紫玲微笑着抱歉：“刚刚不好意思啊，让你紧张了。”

罗维问：“能告诉我为什么不在茶会上交易吗？”

格桑紫玲说：“很简单，因为我怕林忠寒在房间里装监控。”罗维早就仔细确认过整个房间，并没有摄像头，林忠寒也肯定不敢跟节目组对着干。

罗维仔细观察着这个女人，咖啡色长发、高挑的身材、完美的脸型、红色宽松毛衣、平底长筒靴，每个元素都是罗维最喜欢的类型。这反倒让罗维有些紧张。

罗维问："所以你才邀请我来这个咖啡厅交易？"

格桑紫玲说："嗯。我非常需要你的数字，请相信我的诚意。"

这个女人的一切行为都在告诉罗维她没有骗人，简直和张亚然一模一样。

罗维说："可以。我想要的也是你的数字。"

格桑紫玲顿了顿，说："是这样的。我不太想把我的数字给你，你看你有别的想要的数字吗？"

罗维迟疑了一会儿，接着问道："你有谁的数字？"

格桑紫玲问："你要谁的数字？"

罗维说："你得先告诉我你有谁的数字。"

格桑紫玲："那你得先告诉我你要谁的数字，说。"

两人呆呆地看着对方，都不肯做出让步。

根据罗维掌握的信息，很难推测格桑紫玲有没有他需要的数字，除了她自己的。但为了和这个女人搞好关系，罗维还是选择先让一步。

罗维说："那我想要5号林忠寒的数字。"

格桑紫玲说："不好意思，我没有。"

罗维说："那9号的数字。"

格桑紫玲说："我也没有。"

罗维突然意识到自己被耍了。

罗维说："你是故意在套我话吧。"

格桑紫玲甜甜地笑了笑，说："啊，我突然又想起5号的数字了！"

罗维内心：她刚刚脸上完全就是一副骗人的表情，可我还是不小心上了她的当。这下她就知道了，我没有 5 号和 9 号的数字，透露了不该说的情报，不过还好影响不大，以后一定要注意这个女人！

格桑紫玲拿出了纸笔，笑着说："那么开始交易吧。"她的笑容让罗维闪过一丝不安，但马上又忘记了。

罗维内心非常清楚，虽然担心装监控也是她不愿在茶会上交易的原因之一，但最主要的原因一定不是这个，不在茶会上交易的目的很简单，一定是为了在私下交易的时候使诈。她并不知道我能看穿谎言这件事，所以她一定会给我假的数字。不好意思，等下可能要直接揭穿你了。

罗维心中甚至已经想好了揭穿并说服格桑紫玲的话术。

两人在纸上写下了数字。

罗维看着格桑紫玲，突然感到了震惊。他从头至尾一直仔细观察着格桑紫玲的一举一动，她的表情、语言和动作……罗维找不到任何不自然的地方！

罗维心中有些慌乱，难道她给我的是真的数字？难道她真的只是因为担心监控才规避茶会的？她是怎么获得林忠寒的数字的？

格桑紫玲写完后，又对着罗维微笑。

以罗维 10 多年的谎言分析经验判断，可以肯定，这种笑容是装不出来的。罗维坚信自己的判断，虽然暂时不清楚背后有什么隐情，但这个数字一定是真的。

罗维很快做出了决定。既然她没有骗我，那我也不能骗她了，她目前的分数并不高，给她真正的数字也没有太大影响，如果和她关系闹僵以后就不好调查郭少非和梁雨的事了。

罗维写下了数字“3”。

两人将写好数字的纸折叠好，同时交给了对方。

罗维拿到纸后就打算起身离开，格桑紫玲在这时叫住他：“对了！”罗维又坐回座位看向格桑紫玲。

格桑紫玲问：“你刚刚给了麦芽妹什么？”

“你眼神很厉害。”罗维说，“我只是告诫她，不要和林忠寒和郭少非交易。”

格桑紫玲笑着问：“你确定她会听你的？”

罗维说：“麦芽妹这个人，虽然看起来文文静静的，但她并不傻。林忠寒是目前茶会上分数最高的玩家，现在和他交易无疑是把赢家拱手让给他。3号不会做这种蠢事的。”

格桑紫玲说：“看来你对他们两个都很了解呢。”

罗维说：“只要能限制住林忠寒，我们都还是有机会赢的。当然这句话也是对你说的。”说完罗维起身离开了咖啡厅。

目前罗维最担心的事就是林忠寒和麦芽妹交易。如果她和林忠寒交易，很可能直接导致游戏结束，和麦芽妹说明了利害关系，也是为自己争取了一些时间。

再次确认没有人跟踪，罗维回到了家，打开了电脑，在5号的位置上输入了纸上的数字——2，网页弹出了一条消息。

您输入的密码错误。您还剩 1 次尝试机会，请好好把握。

罗维静静地看着屏幕又一次沉默了。

3 分钟后，罗维轻松地躺在床上，又哈哈大笑起来。

“这个人终于出现了！”罗维内心呐喊着。

自从罗维拥有了谎言分析能力后，罗维就一直幻想着，自己未来某天也许会遇到一个人，他无惧自己的测谎能力，是罗维命中注定的克星。罗维没有想到，今天居然真的出现了。

这时，罗维收到一条消息：

格桑紫玲请求添加你为好友。

罗维通过好友申请后，立刻收到了格桑紫玲的消息。

格桑紫玲：今晚能来我家一趟吗？有要事。

第十一章

真相

晚上 7 点 30 分，格桑紫玲家。

罗维站在门口按下了门铃，然而，没有人回应。

罗维问："在吗？"

"进来吧！"格桑紫玲的声音从门后传来，门居然没有上锁，罗维轻轻推开了格桑紫玲的家门。

这是一个高档公寓，虽然过了 7 点，但除了格桑紫玲这户，整栋楼没有几家的灯是亮的。

罗维进屋后关上了门，没有见到格桑紫玲，只听到浴室花洒的水流声，看来她还在洗澡。

罗维小心地走到客厅，仔细搜寻着任何有关格桑紫玲的信息。房间内灯光稍显昏暗，室内的家具很少，但打扫得很干净，隐隐能闻到花香。罗维看到了电视柜旁的奖杯柜，里面摆放着几个赛车比赛的奖杯。

“难道她真的是个赛车手？”在罗维眼中，没有人会在茶会上公布自己的真实职业，除了张亚然那个家伙。

罗维仔细阅读着奖杯上的文字：叶文美获房云杯国际超跑锦标赛冠军。格桑紫玲的真名叫叶文美。

这时，叶文美裹着浴巾从浴室走了出来：“你先坐一会儿吧，我去换个衣服。”虽然裹着浴巾，罗维仍然看得出她完美的身体线条。

半个小时后，叶文美穿着睡衣，披着刚吹好的头发回到客厅，然后端了两杯咖啡放在了罗维面前。

叶文美在罗维旁边坐下问：“你试过我给你的数字了吗？”

罗维说：“试过了，没问题。”

叶文美微微一笑说：“你别骗人了。”

“骗人的是你吧。”罗维讲话略显紧张，他从来不怕在任何场合遇到任何对手，却单单害怕眼前的这位美女。

叶文美说：“谁叫你呀，和女生去咖啡厅，连账都不结就走了。”

罗维并没有心思在意这些，问道：“你喊我来到底有什么事？”

叶文美说：“没什么，我想听听你和张亚然的事。”

罗维想：她果然还是看出我和张亚然结盟的事了，其实从她之前对张亚然的话语和态度就能知道，与其这样遮遮掩掩，不如直接告诉她。

叶文美伸了个懒腰，说道：“说吧，你们是怎么分手的？”

罗维内心：看来她根本没看出来。

叶文美说：“那个女孩儿在茶会上说是你给她戴了绿帽子，但我觉得不会。”

罗维问：“为什么？”

叶文美自信地笑着说：“我可是过来人，看得很清楚的，你不是那种人，那个小丫头骗不过我的。”

罗维内心：不好意思，你已经被那个小丫头骗惨了。

叶文美问：“怎么了，不好意思说？”

罗维说：“没什么。”内心：就是得赶紧想个故事出来。

罗维说：“其实都是误会。当时她以为我出轨了，然后就主动提出分手。”

叶文美说：“既然是误会，说清楚不就好了吗？”

罗维摇了摇头说：“亚然的脾气太倔了，根本说不清楚。”

叶文美一脸怀疑，凑过来看着罗维的双眼：“你这么强的语言组织能力，难道还搞不定那个小丫头？”

罗维下意识地往后倾斜：“呃，我其实不擅长对付女人的。”

叶文美继续靠近说：“难道不是你已经对她没感觉了，根本不打算挽留她？”

罗维说：“没……没有啊……”

叶文美问：“那我问你，如果张亚然现在跟你提出复合，你会同意吗？”

罗维继续往后倾斜说：“会吧。”

叶文美说：“那说明你还在乎她嘛！”

罗维语塞。

“你是男生，要主动一点儿，赶紧去找她，知道吗？”叶文美的鼻尖已经快贴到罗维的脸上了。

罗维说：“嗯……好，我知道了，我会去找她的。”

罗维内心：你不要一边鼓励我和前女友复合一边靠我这么近好吗？

叶文美坐回到了自己的位置。

罗维慢慢地坐直，问：“所以你今天喊我来就为了这个吗？”

叶文美喝了一口咖啡说：“对啊，难道你还有别的事吗？”

罗维表情认真起来说：“你害我损失了一次尝试机会，难道一点儿都不想补偿我吗？”

叶文美笑了笑说：“那你想要什么补偿呢？”

罗维说：“你的数字。”罗维知道她不会说。

叶文美说：“无可奉告哦。”

罗维说：“那，告诉我关于一个人的事。”

叶文美问：“谁？”

罗维说：“7号，郭少非。你对他应该了解不少吧。”

今天的茶会上，大家在揣测袭击四明的犯罪嫌疑人的时候，罗维注意到叶文美的目光一直在郭少非身上，罗维猜测叶文美一定程度上掌握了郭少非的情报。

罗维内心：特意喊我晚上来她家，不可能就是为了听我的八卦。她如果有正事要找我，八成就是关于郭少非的事了。

“你真的很聪明。”叶文美也认真起来，“我也不是那么绝情的人。我今天喊你来，就是为了告诉你7号的事，作为骗你的补偿。”

如果猜不到她的目的，罗维就不会来了。

叶文美拿出手机打开相册交给罗维说：“你看看这个。”

罗维看了看，上面全都是叶文美偷拍郭少非的照片，拍摄日期是 11 月 25 日下午 2 点 30 分左右。

罗维问：“你在跟踪他？”

叶文美说：“嗯，第一眼见到他，我就觉得他有问题。昨天离开茶会我就一直跟着他。”

罗维问：“你是 Viola 吗？”

叶文美疑惑：“嗯？什么？”

罗维说：“没什么，你发现了什么？”

叶文美摇了摇头说：“我什么都没发现，反倒是被他发现了。”

罗维内心：那小子的反侦察能力非常强，想跟踪他确实不容易。

叶文美说：“我跟到新马高架，一辆公交车经过，他突然就消失了，很明显是为了把我甩开。”

罗维问：“他认出你了吗？”

叶文美说：“我当时乔装成男人，他肯定认不出我。”

“新马高架。”罗维马上打开了地图，“从茶馆往新马高架走，是四明家的方向。”

叶文美说：“没错。我们每次从茶馆离开，四明都会往那个方向走。所以我怀疑，袭击四明的人就是郭少非。”

罗维说：“这个推测合情合理，但这些照片并不能成为指认他的证据，你还知道别的关于7号的情报吗？”

叶文美说：“还有一点，是在昨天的茶会发现的。你昨天还没来，应该不知道。”

罗维问：“什么事情？”

叶文美说：“在昨天的茶会上，4号和7号交换了数字，但是在他们都确认交易成功的时候，4号的表情明显不对。”

罗维问：“四明的表情怎么了？”

叶文美说：“他很惊讶，一直看着7号，然后又低头思考着什么。”

罗维内心：确实，我昨天也通过亚然的摄像头发现了这一点，看来她没有说谎。

叶文美问：“你觉得什么情况会让4号在那个时候做出那种表情呢？”

罗维说：“想来想去，也就只有一种可能了。”

叶文美问：“哪种可能？”

罗维看得出来，叶文美在考验自己。

罗维说：“4号已经打算去买数字了，说明他知道自己马上要赢了，这种情况下，他根本没有必要继续留在茶会，也就根本没有必要给郭少非一个真实的数字，增加不必要的风险。”

叶文美说：“继续。”

罗维说：“所以4号给出的一定是一个假的数字。”

叶文美说：“没错！”

罗维说：“而他之所以会出现惊讶的表情，是因为他意识到7

号并没有当场揭穿他。”

叶文美问：“没错，但7号为什么不揭穿他呢？”

罗维说：“7号既然主动找4号交易，说明他一定是想要那个数字的。那么他很有可能是为了验证，验证林忠寒给他的情报是不是对的。”

叶文美摇了摇头说：“给你看一个东西。”叶文美拿过手机，打开了游戏中的聊天程序，然后交给罗维，“这是游戏开始的第一天凌晨，我的聊天记录。”

罗维仔细查看着：

11月22日 下午1:25

系统：407299通过了您的好友申请。

格桑紫玲：嘿，你也是玩家吗？

407299：你好。

格桑紫玲：为什么不在群里说话呢？

407299：暂时有点儿忙，稍等一下。

格桑紫玲：好。

11月22日 下午1:40

格桑紫玲：对了，你收到汇款了吗？

系统：您已被对方删除。

罗维说：“你当时主动加了他为好友。”

叶文美说："嗯。我看他一直不说话，所以就想问问他。"

罗维摸着下巴思考问："这到底是怎么回事？为什么他又突然把你删掉了？"

叶文美问："你发现什么了吗？"

罗维说："总感觉有点儿怪，'暂时有点儿忙，稍等一下'这说话方式，根本不像是郭少非会说出的话。"

叶文美说："在他删掉我之前，我翻看了他个人主页的全部内容，其中有一张毕业照，是他大学的毕业照片。"

罗维问："你有截图吗？"

叶文美说："很遗憾，并没有。但是我仔细看了那张毕业照，那上面所有人的脸我都记得。"

罗维一惊说："你也太厉害了。"

叶文美非常认真，说："我可以肯定地告诉你，这张毕业照上面根本没有郭少非的脸。"

罗维问："你确定不是通过发色判断的吗？"

叶文美说："不是发色，也不是发型，就是脸。这张毕业照上的男生全是歪瓜裂枣，根本没有郭少非那么标致的脸。"

罗维说："你这么说好像又有点儿合理。"虽然不想承认，但郭少非的颜值的确还过得去，对男人的颜值都特别敏感的女人确实有可能区分出郭少非和毕业照上的人。

罗维说："难怪你第一眼见到郭少非就觉得他奇怪。所以你想说，郭少非其实根本不是真正的 7 号？"

叶文美说："嗯。很有可能，在我查看 7 号个人主页的时候，郭少非就把 7 号的账号盗取了，然后把我删掉。”

罗维说：“这可是个大新闻。”

叶文美说：“所以我觉得，郭少非昨天没有当场揭穿 4 号，更有可能是因为他从头至尾根本就没办法验证数字。”

罗维说：“的确。”

叶文美说：“郭少非盗取的是聊天软件的账号，而非密码游戏官网的账号。虽然可以通过授权进入游戏官网，但是真正的 7 号很可能在发现账号被盗之后，第一时间通过别的方式取消了他的账号对游戏官网的授权。”

罗维说：“我觉得他更有可能会直接打电话给密码游戏的主办方，让他们禁用 407299 这个账号。”

叶文美说：“但如果是这样的话，主办方就会发现这件事，可事到如今我们没看到他们做出任何反应。”

罗维笑了笑说：“如果你是主办方，发现了账号被盗这件事的你会怎么做？”

叶文美思考着。

罗维说：“密码游戏的布置和准备花了 3 个月的时间。他们不可能因为一位玩家的账号被盗，而浪费精心准备了这么久的计划。如果我是主办方，我就会想方设法地隐瞒这件事，让密码游戏能如期顺利地进行下去。”

叶文美说：“他们会默认让郭少非成为玩家，把真正的 7 号踢出局。”

罗维说：“如果是这样，那么郭少非不必等到第四天才露脸，所以主办方并没有选择这个方法。”

叶文美问：“那你觉得他们是怎么处理的？”

罗维说：“目前最合理的解释，是主办方接到了 7 号的电话，并且禁用了 7 号的账号，同时他们也开始调查盗取 7 号账号的人。他们在第三天找到了郭少非并查明其真实身份，所以郭少非才会出现在第四天茶会上，他料定主办方绝对不会阻拦，因为他和主办方都不希望 7 号账号被盗的事情暴露。”

叶文美说：“那真正的 7 号呢？他肯定知道茶会的事，可他为什么从来不来茶会？”

罗维说：“以郭少非的做事风格，真正的 7 号恐怕现在已经无法露面了吧。”

叶文美严肃地问：“你的意思是……”

罗维说：“绑架、监禁甚至被杀了都有可能。但可以肯定的是，郭少非一定已经从 7 号口中逼问出了真正的数字，不然他也不会来参加密码游戏。”

叶文美问：“可是他不能输入数字，那他参加这个游戏有什么意义？”

罗维说：“结盟。”

叶文美问：“结盟？你是说他和林忠寒结盟了吗？”

罗维说：“没错。他们早已达成协议。郭少非的目的就是和林忠寒平分奖金，所以密码交给林忠寒来输入就行了。”

叶文美问：“你是怎么知道他们结盟的？”

罗维把昨晚自己和林、郭两人在人民公园交易的事全都告诉了叶文美，除了张亚然在场的部分。

叶文美问：“哦？看来你也已经得到很多数字了？”

罗维说：“我跟你的分数应该差不多。”

叶文美问：“不考虑买数字吗？”

罗维说：“我是不会买数字的，你呢？”

叶文美看了看奖杯柜。

罗维说：“这些奖杯都是真的吧。随便卖掉一个都可以直接把剩下的数字买下来吧。”

叶文美摇了摇头说：“我可不想像四明那样被郭少非盯上。”

罗维看得出来，每个奖杯的价值对叶文美来说都远不止1000万元，看来她是真心热爱赛车手这个职业。

叶文美说：“话说回来，绑架杀人的事已经不是我们能处理的了，应该报警吧。”

罗维说：“嗯。”此刻罗维心中突然想到一个人。

就在这时，罗维的手机收到一条消息。

六明：想要7号的数字吗？

罗维扑哧一下笑出声，内心大喜：真是想什么就来什么！

叶文美问：“你怎么了？”

“啊，没什么！”罗维应着，随即将手机放回口袋，顺势起身，“今天多谢你了，给我提供了这么重要的情报。”

叶文美问：“你不生气了？”

“我从来不生美女的气。”罗维笑了笑，朝门口走去，“那我先走了，明天茶会再见吧，如果你还想来的话。”说完罗维带上门就快步离开了。

罗维的突然离开，让房间瞬间变得安静。叶文美看着茶几上一口都没喝的咖啡：“真是个无趣的男人。”

罗维离开公寓后，马上拿起手机回复了赵伯明。

星氧：现在有空吗？碰个头吧。

晚上 8 点，林忠寒的别墅门口。

一辆计程车停了下来，林忠寒的妻子从车上下来，脸色阴沉且带着疲惫。她提着饭盒和水，走向家门。

“辛苦你了，嫂子。”林忠寒的妻子突然看向声音传来的方向，郭少非站在路边靠着墙，一边滑着手机一边对她说。

林忠寒妻子问：“你到底想要做什么？”

郭少非没有回答。

林忠寒妻子说：“他已经退出了，他现在只想做个普通人，为什么你还要把他拉进来？”

郭少非认真地说：“他这么做都是为了你和莫莫。我知道你现在还不明白，所以不理解他。到时候你就会懂的。”

林忠寒妻子问：“那你又是为了什么？”

郭少非说：“我什么都不想要，我只是想报答茂良哥的恩情而已。”

郭少非把手机放回了口袋说："相信我，再坚持一天。一天之后我就会去自首，你和茂良哥就拿着钱，离开这个国家吧。"说完，郭少非头也不回地走了。

林忠寒的妻子站在原地，无奈地看着他的背影。

晚上 9 点 30 分，某小区门口。赵伯明坐在街边的长椅上等着罗维。

罗维走了过来，哈着气坐在了他旁边。

罗维说："麻烦你了，这么晚还出来，赵警官。"加了赵伯明的好友后，罗维就从他的个人主页得知，赵伯明是一名警官。

赵伯明说："我可不是什么警官，就是一个打杂的探手。"

罗维说："行，说正事吧，四明的案子调查得怎么样了？"罗维知道赵伯明绝对不会袖手旁观，他作为四明的亲哥，更是一名警官，必定会出手找出袭击弟弟的犯罪嫌疑人。

赵伯明说："已经可以确认了，犯罪嫌疑人就是 7 号玩家郭少非。"

罗维问："那为什么还不抓他？"

赵伯明摇了摇头，点了一根烟，说道："还不行。他还牵扯一桩绑架案，我必须先找到人质。"

罗维问："绑架？"

赵伯明说："对。如果他还有同伙，现在抓他的话人质就会有危险，所以暂时还不能打草惊蛇。"

罗维说："考虑得挺周全的，不愧是警官。这么说你还没找到人质的具体位置。”

赵伯明说：“没错。”

罗维说：“那你今天给我发的消息……”

赵伯明说：“这就是我找你的目的。你明天会去茶会吧？”

罗维说：“去。”

赵伯明说：“我希望你明天能帮我一个忙。”

罗维问：“什么忙？”

赵伯明说：“我希望你明天见到郭少非的时候，帮我从他口中套出人质的位置。”

罗维说：“这可不是简单的事。”

赵伯明说：“你不需要让他直接说出地址，你只需要让他说出一个人。”

罗维问：“谁？”

赵伯明说：“他绑架了人质，必定会每天给人质送饭。我调查过他这几天去过的地方，人质并不在这些地方或者附近，因此一定有另一个人去给人质送饭，而那个人一定是郭少非信得过的人。”

罗维问：“也就是说，你需要我帮你问出这个人？”

赵伯明说：“是的。只要知道这个人是谁，我就能找出人质的位置。”

罗维说：“那我能得到什么？”罗维最关心的还是7号的数字。

赵伯明说：“想必那个被绑架的人质就是真正的7号吧。”

“原来你连这件事都知道了。”罗维再一次从心底佩服赵伯明的调查能力。

赵伯明说："只要我们把人质找出来，你不就可以直接问他本人7号的数字是什么了吗？"赵伯明说出了罗维的计划。

罗维说："可是想从郭少非的口中套出这个人的信息可不简单，况且我跟他的关系不是太好。"

"那不如让我来吧。"叶文美的声音从两人背后传来。

罗维一惊，身体一弹，站起来看向背后，叶文美穿着睡衣和平底靴，双臂交叉抱在胸前，慢慢走了过来。

罗维说："啧，你这人怎么老是喜欢跟踪别人？"

赵伯明掐灭了烟，看着罗维问道："这位是？"

叶文美走到了长椅旁说："你好，赵警官，我是8号玩家，我叫叶文美，套话的这个任务，或许我可以试试。"

罗维内心：看来她也是想得到7号的数字，真是个麻烦的女人。不过这个任务确实让她来做比较合适，郭少非知道我能看穿他的谎言，他肯定一个字都不会跟我说。

赵伯明望着两个人说："既然你们两个都想得到7号的数字，我也需要你们的力量，一起合作吧。"

罗维和叶文美互相看了一眼，异口同声道："可以。"

"7号的数字绝对不能让对方抢到！"两人的内心也一起说道。

赵伯明说："那么现在来商量一下明天的作战计划吧。"

第十二章

反击

11月27日，星期六，下午1点，今羽茶馆。离游戏结束还剩不到36个小时。

所有人翻开了号码卡片。

1号罗维的卡片：3（麦芽妹）。

3号麦芽妹的卡片：1（罗维）。

5号林忠寒的卡片：空白。

7号郭少非的卡片：3（麦芽妹）。

8号叶文美的卡片：空白。

郭少非站起来对着麦芽妹喊道："千万不要跟星氧交易！"

罗维也站起来大声对着麦芽妹喊道："千万不要跟郭少非交

易！我告诉你，张亚然、梁雨和摩杰都是被郭少非骗出局的！他早就已经有这3个人的数字了！”

郭少非说：“你不要乱讲！你怎么可能知道他们的事？！”

罗维说：“3号你相信我，我跟你说实话，其实我早就和张亚然结盟了，这些都是张亚然告诉我的。”

郭少非说：“你不要听他乱说！他们两个早就闹翻了，怎么可能结盟？”

罗维指着郭少非说：“哈哈！说漏嘴了吧！你第四天才来茶会，你怎么会知道我和张亚然闹翻的事？难道不是林忠寒告诉你的吗？你肯定是和林忠寒结盟了！”

两个人分贝越来越高，吵得不可开交。麦芽妹扶着眼镜看着他们，不知道该说什么。

罗维说：“3号你看，他有了‘2、6、9’的数字，如果你再跟他交易，他肯定会把你给他的数字告诉林忠寒，那样林忠寒肯定就获胜了，千万不能跟他交易！”

郭少非说：“放你的屁！林忠寒是告诉了我这些事，但这也只是他好心提醒我，我跟他根本没有结盟。3号我告诉你，4号是被罗维袭击的，他就是这样阴险的人，你跟他交易肯定会被骗！”

罗维内心：终于说到4号了。

罗维说：“你以为我是你吗？我怎么可能在茶会上骗人？”

郭少非笑着说：“你不要把3号当傻子了，游戏都快结束了，茶会交易这种事已经没人信了，谁都可以骗人的！”

罗维说：“3号，4号的事不是我干的，绝对是7号干的！我有证据！”说着，罗维将一沓洗好的照片扔在茶桌上，“看，这就是证据！”

茶桌上的照片都是前天叶文美在茶会后跟踪郭少非拍到的。

郭少非说：“原来跟踪我的人是你？！”

罗维对着麦芽妹说：“我这些照片都是四明遇袭出局的那天拍的。郭少非那天离开茶会就往新马高架的方向走，而那边正是四明每次回家必须经过的地方！”

麦芽妹惊讶地看着照片。

林忠寒闭着眼，一言不发地坐着。

郭少非说：“去你的，我先不追究你不怀好意地跟踪我，就这些照片能说明什么？我家正好就住那边，我只是按我自己的路线回家而已。”

罗维问：“真的是这样吗？”

郭少非说：“不然呢？如果这就能说明我袭击了4号，那么跟踪我的你当时不是也在往这个方向走吗？看来你才是真正袭击4号的人，特地拍我的照片就是为了诬陷我！”

罗维说：“哦？既然你说你家住那边，不如你说一下你家的地址，我们在地图上核对一下如何？”

郭少非突然愣住了。

罗维说：“看来你家根本不住那边嘛，说吧，你那天去新马高架是干什么？”

郭少非说：“只是去见我朋友。我骗你们是因为这是我的隐私。”

罗维、叶文美内心同时喊道：就是这个人！

这时，叶文美也站起来问道："朋友？"

郭少非反问："怎么了？"

叶文美说："不好意思，两位，当时我也在跟踪罗维，不巧你们两个正好都被我看到了。"

郭少非说："你们这是什么套路？！我怎么看不懂？"

"既然这样，为了搞清你们两个到底谁在说谎，谁是真正袭击4号的人，我觉得我有必要再核实一下。"叶文美对着郭少非说，"郭少非，你告诉我，你那天见的人是男的还是女的？"

郭少非没有回答。

叶文美说："劝你不要再骗人了，这次我可是亲眼看到了，再说错的话你可就洗不白了。"

郭少非说："女的。"

罗维盯着郭少非的脸，并没有发现不自然的地方，马上发了一条消息给赵伯明。

星氧：女。

叶文美问："她多大？穿什么衣服？"

郭少非只好老实交代："30多岁，紫色派克服。"

这时罗维注意到，一直不说话的林忠寒表情突然有些凝重，似乎意识到了什么。罗维马上又发消息给赵伯明。

星氧：30多岁。

星氧：紫色派克服。

星氧：和林忠寒认识。

六明：林忠寒的妻子。

六明：收工。

罗维连着咳嗽了四声。

叶文美说："看来你说得没错。既然后面是你的隐私，又是个女人，那我就不多问了。"说着便坐了下来。

叶文美说："你们继续吧。"

罗维看了一眼郭少非，面无表情地说："原来你喜欢这种类型的。"说完也坐了下来。

郭少非一脸不知道发生了什么的表情。

林忠寒说："吵完了吗？吵完了就继续茶会交易吧。3号，你来决定，到底跟谁交易。"

麦芽妹一脸茫然，闭眼睛想了一会儿，说道："算了，我不交换数字了。"

郭少非盯着罗维，攥紧了拳头。

没有任何人交易，第六天的茶会结束了。

"我警告你们，你们不要再跟踪我了。"郭少非说完，一个快步离开了茶馆。

罗维和叶文美也假装分头离开了。

下午2点30分，街边。

赵伯明的白色私家轿车停在路边。

“已经查到了，在市郊的福园镇，林忠寒的妻子谢云每天晚上7点都会一个人坐出租车去那里。”赵伯明坐在驾驶座上对着车窗外的罗维和叶文美说，然后拿出一份文档递给他们，“这是我临时写的案件报告，你们可以看一下。”

叶文美飞快地抢了过去，然后打开后座的车门坐了上来。罗维也跟着坐了上来。

赵伯明不解地转过头问：“嗯？你们上来干吗？”

罗维说：“当然是去福园镇啊！”

叶文美仔细阅读着案件报告。

赵伯明说：“救人质是警官的事，你们这些普通群众瞎凑什么热闹？”

罗维说：“你在说什么呢赵警官？昨天不是说好了带我们见人质的吗？”

赵伯明说：“带你们去见人质是在我救出人质之后。”

罗维说：“等下，你的意思是就你一个人去救人吗？”

赵伯明说：“周越平被绑架后一直没人报警，所以公安局还没立案。”

叶文美念着档案纸：“被劫持人周越平，25岁，男，未婚，影视编剧……没有照片吗？”

赵伯明说：“我一个探子没权力调身份系统，能查到这些已经很不错了。”

罗维、叶文美互相望着。

罗维说："这样，我们跟着你去，但我们就坐在车上，你如果遇到什么问题需要人手可以随时叫我们。"

叶文美说："没错，你一个人也不见得应付得过来。"

赵伯明沉默了一会儿。

赵伯明说："行，我可以带你们去，但是你们得听我的命令。"

罗维说："那肯定，但是福园镇那么大，你怎么找？"

赵伯明说："得花点时间了。必须赶在7点之前找出来，不然谢云来了就会发现我们。"

叶文美问："那不是正好一网打尽吗？"

赵伯明说："那样郭少非就会逃走。"

两人也没再多问了。对罗维和叶文美来说，最重要的就是找到真正的7号，并询问他的数字，抓犯罪嫌疑人的事他们根本不关心。

"别磨叽了，出发吧。"说完，赵伯明一脚油门踩到了底。

下午4点，3个人来到了福园镇。

赵伯明说："关于案件的细节我不能透露给你们这样的一般人员，你们两个在车上等着吧，找了人质我会通知你们的。"说完，赵伯明一个人下车了。留下罗维和叶文美两人尴尬地坐在后座。

两人一直沉默着。

10分钟后。

罗维说："我去上个厕所。"

“等一下。”叶文美拉着罗维的衣服说道，“我跟你去。”

罗维说：“我上厕所你一个女的跟我去干吗？”

叶文美说：“我也要上厕所，不如我们一起呗？”

叶文美心里非常清楚，罗维必然是想趁机溜走一个人去找7号。这个时候如果谁能先找到7号，不仅可以先问到数字，而且还可以威胁他让他保密，不让别的玩家得到数字。

罗维说：“我是真的要上厕所。”

叶文美说：“我也是真的啊，坐了一个半小时车我早就憋不住了。”

罗维说：“行，那我们一起去。”

叶文美说：“走。”

两人一起下了车。

罗维在小镇的街上寻找厕所，然后走进了一家网吧，叶文美也跟着罗维进去了。

两分钟后，罗维一个人走了出来。

罗维笑了笑：“呵呵，一个女的跟我比解手速度？”然后快步走向了赵伯明刚刚去的方向。

6分钟后，叶文美也走了出来，掏出了从赵伯明那儿拿走的案件报告：“什么资料都没有就去找人？你还是太年轻了。”然后往另一个方向走了。

3个小时后，天色黑透。罗维通过向路人打听出租车和女乘客的情报，穿过了一条僻静的山路，来到一座荒废了很久的水塔，在水塔旁找到了一个坐着被塑胶绳捆绑在水管上的男人。男人浑身脏兮兮的，昏迷不醒。

罗维将手机灯光照向那个男人，然后马上俯身过去将其摇醒：“喂！你怎么样了？”

男人迷糊地看着罗维，没有说话的力气。罗维马上拿出在镇上买的矿泉水给他喝。喝了水之后，男人咳嗽了几声，稍显精神了一些。

罗维小心翼翼地问：“你是周越平吗？”

男人点了点头问：“你是？”

罗维说：“别怕，我是来救你的。”罗维语气有点儿急，现在已经 7 点了，林忠寒的妻子谢云随时都有可能会过来。

罗维掏出早已准备好的剪刀将塑胶绳剪开，男人虚弱地跪在地上。

罗维抓着男人的双臂问道：“你是 7 号玩家，对吗？”

男人点了点头。面对这种虚弱状态的人，罗维的测谎能力完全没用，但也用不上了。

罗维说：“你先告诉我，你的数字是多少？”

男人勉强地抬头看着罗维说：“咯咯……你……你也是玩家吗？”

罗维说：“嗯。”

男人低着头不愿意开口。

罗维抓紧了他的双臂说：“你现在这个状态，能活着回到城市就行了，不要再想游戏的事了！”

男人依然低着头。

罗维说："告诉我吧，你的数字是多少？"

男人沉默了一会儿，然后抬头看着罗维说："好，我告诉你吧，我的数字是……"

"啊哈！"话没说完，一声巨吼就从旁边传过来，穿着平底长靴的叶文美突然冲过来，一脚把男人踢飞了3米远，男人惨叫了一声，重重地摔在草地上。

罗维转头不可思议地看着叶文美说："你是来救人的还是来杀人的啊？！"

叶文美这时才察觉自己下手太重了，但这么做也是迫不得已。叶文美深知自己的分数没有罗维高，即使他们两个同时得到7号的数字，自己也是吃亏的，所以对她来说，与其两个人都知道，不如两个人都不知道。

叶文美说："好了不要说了，赶紧救人吧！"

罗维说："你还好意思说这句话？！"

两人马上跑到摔倒的男人旁边将他扶了起来。

叶文美问："怎么样？还有意识吗？"

罗维说："你最好离远点儿，别又把他吓到了。"

男人说："啊……啊……"

罗维凑近耳朵："什么？你说什么？"叶文美也跟着凑近了耳朵。

男人说："啊……'2'！"

两个人终于还是同时听到了这个数字。

叶文美说："原来真的是'2'。"她捂着嘴思考着什么，突然看到罗维正托着男人的身体移动："你在干什么？"

罗维没有回答，他把半昏迷的男人又拖到了水管上，将刚刚剪断的塑胶绳又重新打上结，然后用塑胶绳将男人绑回了水管上。

叶文美惊讶地看着罗维问："你这是做什么？！"

罗维拍了拍身上的灰说："赵警官不是要我们待在车上吗？走吧，快回去吧，反正赵警官等会儿也会找到这儿来的。"

叶文美说："呵，我总算看清你是什么人了，难怪张亚然要跟你分手。"

罗维说："你真有脸说我？不是你刚刚那一脚周越平会变成这样？"

叶文美："……"

罗维："……"

两人都沉默着。总有一种说不清的感觉在两人心中游荡。

罗维站在原地思考着：这个男人每天都会吃饭，按理说应该不至于这么虚弱。况且只用一根塑胶绳绑人也太草率了。

突然，叶文美夺走罗维手中的矿泉水，一甩手向男人泼洒了过去。

罗维疑惑："嗯？！"

"喂，你醒醒！"叶文美又摇醒了男人。

满脸湿透的男人意识突然清醒起来："你又要干吗？！"

叶文美抓着男人的双臂，严肃地问："回答我的问题，你叫什么名字。"

男人不知所措地看着叶文美，又看了看罗维。

叶文美说："快说！"

男人说："我叫……周越平。"

叶文美问："你今年多大？做什么的？"

男人说："25。我是做影视编剧的。"

叶文美问："你父母都叫什么名字？"

男人说："我父亲叫周国强，母亲叫汪慧……"

叶文美说："你告诉我，大学的毕业照，你站在第几排第几列？"

罗维一惊。

男人突然瞪大着双眼，一时不知道怎么回答。

叶文美说："快回答！"

男人说："我……我想一想……是第二排……"

叶文美笑了笑，站了起来："不好意思，答错了，第二排可没有你这张脸。"

男人绝望地望着叶文美。

罗维看到这儿已经惊呆了。

第十三章

阴谋

此刻，久违的既视感从罗维的脑中涌现出来，罗维封闭的思路突然明朗起来，他没有说话，呆呆地站在原地思考着。

“这个人不是真正的 7 号！”说着，叶文美将被捆住的男人的手踩在了自己的脚下，“告诉我，真正的 7 号在哪里？”

男人说：“我不会告诉你们的。”

叶文美说：“你不说我就踩下去了。”叶文美的高靴慢慢地压下。

男人说：“你踩吧。”

叶文美说：“我真的踩了！”

男人说：“像踩油门一样踩我吧！”

突然，两人身后有一个脚步声正在靠近。两人回身一看，一个人站在昏暗的月光下手中拿在匕首，笑着看着这边，那人就是郭少非。

“原来就是这种既视感。”罗维心里默念道。

郭少非说：“今天可没有下雨啊，罗星氧。”

叶文美惊恐地看向郭少非，对罗维喊道：“快跑！”

说完，郭少非举起了匕首，朝着没有任何防备的罗维冲了过去。

罗维看着冲过来的郭少非，这一幕他太熟悉了。

这一次，他没有任何表情，没有丝毫反应，就这样站着，像是个等待送死的人。

看着木讷发呆的罗维，意识到危机的叶文美立刻跑向他，企图将罗维推开。但距离实在太远，叶文美根本没碰到他。

罗维深知，这么近的距离，没有任何防御，以郭少非的速度，自己是无论如何都躲不过这把利刃的，看来这次郭少非是真的打算要了他的命。

当郭少非的刀刃即将刺中罗维的心脏时，罗维却突然笑了起来。

砰——一声枪响，一颗子弹向郭少非的左腿射过来，郭少非还没来得及反应，身体瞬间失去了平衡，罗维趁机将他手上的匕首抢了过来。郭少非向右倾斜倒在了罗维面前的草地上，鲜血也毫无美感地印在了草堆和土壤上。

不远处，赵伯明正双手托着冒烟的手枪瞄着郭少非。站在赵伯明身边的，是一个穿紫色派克服的女人——谢云，她捂着嘴惊恐地看着这一幕，却不敢发出半点儿声音。

罗维轻轻地笑着，蹲下来看着倒在地上的郭少非：“同样的错误我是不会犯两次的。”然后站起来，把匕首收回到后腰。

无法动弹的郭少非忍着剧痛趴在地上绝望地看着罗维。

叶文美也停了下来，惊讶地望着所有人。

赵伯明和谢云也慢慢走了过来。

罗维说：“你就不能早点儿开枪吗？刚刚万一没打中我可就挂了。”

“我更擅长移动靶。”赵伯明收起手枪，走到了两人面前，“啧，看来7号并不在这里啊！不过既然控制住郭少非本人了就应该没问题。”

叶文美问：“这到底是怎么回事？”

罗维对着叶文美说：“忘了跟你解释了。为了以防万一，赵警官其实一直都跟在我身后。”

叶文美眯着眼看着他们两人：“原来你们早就计划好了。”

赵伯明和罗维早已私下商量好，为了防止被郭少非留在福园镇的耳目发现，赵伯明从车上下来后并没有去找7号，而是坐在路边的奶茶店等待罗维下车然后跟着他。

赵伯明说：“看来郭少非其实一直都在这里。”

叶文美问：“你的意思是他一直都在福园镇？”

赵伯明说：“准确地说，他一直都在这个水塔附近。今天中午的茶会一结束，他就飞奔过来埋伏我们了。”赵伯明低头看了看郭少非，“我说得对吗？”

叶文美说：“所以你早就知道，我一直跟着罗维来到水塔？”

罗维说：“你这么喜欢跟踪别人，我当然要提防你啊！不过也辛苦你了，陪我绕了那么多圈，其实这个水塔并不远，找到这来根本不需要3个小时。”

叶文美问：“那你为什么还要找这么久？”

罗维瞄了一眼站在旁边不说话的谢云说：“因为她咯。”

谢云看着倒在地上的郭少非，眼神中除了呆滞就是难受。

叶文美问：“她就是谢云？”

赵伯明说：“没错。她7点就准时来了。”说着赵伯明看了看郭少非和水管旁的男人，说道，“这样一来，郭少非的同伙就全都聚齐了。”

郭少非笑了起来，喘着气艰难地对赵伯明说：“呵，你们抓她有什么用，她只不过是被我威胁的。”

赵伯明说：“判断她有没有罪，不是我的事。你们只要跟我一起去局里就行了。”

面对如此巨大的信息量，叶文美感到依然很迷茫：“罗维，你告诉我，为什么你知道郭少非今天会来这里？”

“其实我根本不知道郭少非今天会来，一开始我和你一样，也中了郭少非的计。”罗维认真地说道，“今天在茶会上，我们俩为了从郭少非口中套出送饭人的信息演的那出戏，其实他早就知道了，而他并没有当场揭穿我们的原因，是他早就计划好让我们来福园镇找人了。被绑在水管上的男人就是他放在这里等我们上钩的诱饵。”

罗维心里非常清楚，郭少非的这个圈套，就是专门为自己设计的。他心想：早就知道我能够看破谎言的他为了能够骗到我，故意将送饭人的信息暴露出来。而我没有察觉这个局，是因为他从头到尾并没有说过任何一句假话——送饭人的性别、年龄和衣着，全部都是真实的，甚至连林忠寒那转瞬即逝的反应也是真实的。恐怕他从一开始就预料到了我们会发现他是假的7号，预料到了我们会从送饭人入手去找真正的7号，也预料到了我们会去套他的话……什么都预料到了，唯独这最后一步被叶美文识破了。

现在回想起来，真是令人后怕。

赵伯明看着水管旁的男人说："那个男人恐怕几天前就被绑在这儿了，为了配合郭少非的计划。而谢云每次过来送饭其实都是给这个男人的。"

叶文美恍然大悟说："原来是这样。也就是说，这个白毛故意放一个假人质在这里，骗我们7号的数字是'2'，目的就是让我们输入错误的密码，消耗我们的尝试次数。"

罗维说："没错。越到游戏的最后，就越有可能直接淘汰一位玩家，哪怕只输错一个数字。"如果叶美文没有识破这个局，恐怕自己此时已经出局了。

罗维说："而郭少非为了确保自己精心准备的计划能顺利实施，特意跑过来埋伏在水塔附近。只是没想到这个计划却被叶文美你给识破了，他恼羞成怒，决定干脆直接把我们干掉。"罗维一边看着郭少非一边向叶文美解释。

郭少非依然低着头痛苦地喘着气，一句话也说不出来。

叶文美说："所以你来之前并不知道郭少非就在附近。"

罗维说："我也是在意识到这个男人是假人质之后才察觉的，

幸好提前让赵警官跟在了后面。”

叶文美把手插进口袋说：“哈，你们俩偷偷商量了这个计划，怎么也不告诉我？信不过我？”

赵伯明笑了笑说：“我本来就没打算带你来啊！”

罗维说：“赵警官担心你的安危才把你留在车里的，你自己非要跑出来还怪我们？”罗维早已向赵伯明证明了自己有识破谎言的才能，赵伯明为了能准确地获取镇民提供的情报，才同意让罗维代替自己去打听，而不想将这个能力暴露给叶文美的罗维自然也不会把这个计划告诉叶文美。

赵伯明说：“行了，郭少非已经抓到了，你们有什么要问的赶快问吧，救护车等下就来了。顺便罗维把你那个匕首给我。”

罗维问：“什么匕首？”

叶文美看着郭少非说：“说吧，7 号的数字到底是多少。”

郭少非趴在地上看着叶文美，并没有回答。

罗维说：“你问他没用的，他什么都不会说的。”

郭少非笑着说：“别费劲了，你们已经输了。”

叶文美问：“什么意思？”

这时，叶文美的手机收到一条消息：

麦芽妹：我去找林忠寒了，再见。

叶文美和罗维看到了消息，表情凝固。

麦芽妹要和林忠寒交易——最让罗维担心的事情发生了。

郭少非放声大笑："哈哈哈哈！你们已经晚了！"

叶文美没有理会郭少非，立刻回复麦芽妹。

格桑紫玲：不要去。

系统：您已被对方删除。

罗维惊诧地看着叶文美说："难道你和麦芽妹结盟了？！"

叶文美也惊慌地看着罗维，点了点头。

郭少非说："林忠寒和3号早就约定好了。他们今天晚上8点就会碰面。"

罗维抓着郭少非的衣领："快说！他们在哪里碰面？"

罗维心里非常清楚，自己的数字已经暴露给了叶文美，如果叶文美和麦芽妹结盟，那么麦芽妹很可能现在也已经知道自己的数字了。这个时候如果麦芽妹再和林忠寒交易，林忠寒一定会向她询问自己的数字。

"拥有最多分数的林忠寒到现在都不买数字，说明他对数字价值的权衡已经接近临界点了，只要他再获得任何一个数字，就会直接花钱买下剩余的数字而直接获胜，或者他现在已经获得了8个数字。如果麦芽妹真的被林忠寒蛊惑，把我的数字告诉他，那游戏就结束了！"罗维思考着，"一定要阻止他们碰面！"

"快说！"罗维对着郭少非怒吼着，然而郭少非的笑声却越来越响亮。

叶文美紧张地打电话给麦芽妹，却无论如何都打不通。她无奈地看着罗维和郭少非，然后又抬头看了看赵伯明。

这时，一直站在一旁低着头的谢云小声说着什么：“码头。”

叶文美、罗维和赵伯明都看着谢云。

叶文美问：“你说什么？”

谢云猛地抬起头说：“东江码头76号，他们8点会在那里碰面。”

叶文美看了看罗维，罗维正死盯着谢云的脸。

谢云说完，突然在他们面前跪了下来说：“拜托你们去阻止他吧！我不知道他会做出什么事！”

罗维、赵伯明和叶文美3个人互相望着。

赵伯明问：“罗维，她说的是真的吗？”

罗维说：“是真的。麦芽妹现在可能有危险。”

叶文美说：“你的意思是……林忠寒会对麦芽妹动手？！”

“很有可能。”罗维说，“你们能联系到麦芽妹吗？”

两人都摇了摇头。

郭少非说：“就算你们知道地址也没用了！你们根本赶不到！哈哈！”

叶文美思考了一下，看着赵伯明说：“可以借你的车用吗？”

赵伯明说：“可以是可以，但我们可是花了将近90分钟才开到这个镇子。现在已经7点多了，你赶得回去吗？”

叶文美说：“从北边出发，走绕城高速可以直接到东江码头。我开得比较快，让我来开吧。”

“对，她是赛车手！”罗维双手一拍。

赵伯明看了看两人。

“好。”说着，赵伯明把车钥匙交给叶文美，“我必须留在这里看着这些人，不能跟你们过去。你们记住，到了码头后，直接找麦芽妹，阻止她去76号！”

赵伯明转过身，看了看跪在地上哭泣的谢云、倒在草地上的郭少非和不远处被捆在水管上的男人，感叹道：“受这么多苦，就为了这1000万元。”

“你有几个数字了？”一个少女的声音从旁边传来。

赵伯明说：“我早就不记得了。”

一个衣着清凉、披着散乱长发的少女双手插着口袋，从一旁的树林中慢慢走出来说：“你现在优势很大呢，我来帮你算算。”

赵伯明没有回应她。

少女说：“四明所有的数字你都知道了，1号和8号这么信任你，加上你自己的，如果你重新加入游戏的话，说不定能获胜哦。别忘了，你还没有被淘汰。”

“哈哈哈，行了吧黄油，你怂恿我的目的，不就是为了加强节目效果吗？”赵伯明笑着看着天空说道，“我说了我是不会参加这个游戏的。何况现在这个剧情也已经够精彩了吧。”

黄油道：“好吧，看来你真的是个无欲无求的人呢，怪我当时选错人了吧。”

赵伯明说：“不过今天真是多谢你了，要不是你那个电话，我恐怕都来不及赶过来救罗维。”

黄油笑了笑说：“毕竟我答应过星氧要保护他的。”

第十四章

决胜

赵伯明的车以一百二十迈的速度在高速上飞驰着。

罗维坐在副驾驶座，紧张地看着叶文美问：“你真的没问题吗？”

叶文美说：“虽然不是 F1 的赛车，但以这个车的性能、速度完全能够驾驭。”

罗维道：“我说的不是车，我是说你啊！”

叶文美道：“你闭嘴就没问题！”

罗维似乎想到了什么，掏出手机对叶文美说：“3 号的手机号码是多少？”

叶文美问：“你想做什么？”

罗维说：“电话打不通，短信总能收到吧，我想办法阻止她！”

叶文美问：“你有什么办法？”

罗维说：“她去和林忠寒交易，必然是冲着谁的数字去的。

告诉我，3 号想要的数字是谁的？”

叶文美说：“我怎么会知道她想要哪个数字。”

罗维说：“你们不是结盟了吗？你们的信息应该是共享的吧！你仔细想想，你们现在最想得到的数字是谁的？”

叶文美说：“可我为什么要告诉你！”

罗维说：“我会告诉她的。如果我有那个人的数字，我就直接发短信告诉她，这样她就不用去找林忠寒了！”

叶文美死死地抓着方向盘，咬着牙，陷入了抉择。

罗维说：“快来不及了！”

叶文美说：“9 号！”

罗维问：“梁雨？”

叶文美说：“是的。你有她的数字吗？”

罗维顿了顿。

叶文美说：“有的话就快告诉她！”

“我是 1 号，我有 9 号的数字，不要和林忠寒交易！”罗维写好了短信，点击了发送。

罗维说：“只能听天由命了。”

晚上 8 点 15 分，东江码头。

叶文美瞬间刹住了车，停在了 76 号码头，两人从车上跑下来。

码头一片漆黑，唯一的路灯下，两人看到戴着眼镜的麦芽妹独自一人看着手机。

叶文美和罗维跑向麦芽妹。

“杨晴！”在叶文美喊出她名字的瞬间，麦芽妹将食指竖在了嘴前，比了一个“嘘”的手势，然后把手机屏幕展示给了两人看。

您输入的密码错误。很遗憾，因使用完两次尝试机会，您已被淘汰出局。下次继续努力吧！

密码游戏的官网上显示着这样的提示语。同时，罗维和叶文美的手机都收到了短信：

3号玩家【麦芽妹】因使用完两次尝试机会，已被淘汰出局。

——黄油

罗维说：“我们还是来晚了，看来她还是选择了相信林忠寒。”

麦芽妹收回了手机，在两人的注视下，独自一人离开了码头，一句话也没说。

叶文美说：“不过还好，林忠寒没有伤害她。”

罗维说：“但是林忠寒拿到了我的数字。他已经赢了。”

两人沉默。

叶文美笑着说：“不会的，杨晴一定不会把你的数字告诉林忠寒的。”

罗维问：“你怎么能确定？”

叶文美说：“3号很聪明的，她才没有你想的那么傻。”

罗维说：“你这么了解她，看来你们俩很早就已经结盟了。”

“好了，我不能再说了。”叶文美将手机放回口袋，走回到了车上，“星氧，游戏还没结束，明天茶馆见吧！”说完便开着车回去了。

罗维独自一人站在码头的路灯下听着海浪声，陷入了沉思。

“那是伯明的车吧？”

晚上9点。

罗维躺在床上，打开了在密码游戏的官网，在密码锁第7位和第9位的位置分别输入了数字“6”和“2”。

密码正确。

罗维笑了笑：“拿到这两个数字可真是不容易啊！

“先是9号梁雨的数字。郭少非精心设计的陷阱是为了让我以为7号的数字是‘2’，因此7号的数字就绝对不是2。郭少非故意让8号叶文美也进入这个陷阱，说明他也肯定地知道叶文美的数字也不是‘2’，当然通过叶文美今天的反应也能看出来。之前叶文美骗我林忠寒的数字是‘2’，已经被我验证过了，害我浪费了一次尝试机会，5号的数字也不是‘2’。因此，‘2’这个数字就只有可能是9号梁雨的。

“而7号周越平的数字则是根据9号梁雨的盟友判断出来的。叶美文和麦芽妹很早就结为了盟友，她们的情报是共享的，麦芽妹今天去找林忠寒要的是梁雨的数字，说明麦芽妹和叶文美都没有梁雨的数字，那么梁雨的盟友就一定不是叶文美。林忠寒在第二天茶会上就向梁雨发出了交易邀请，然而被梁雨拒绝了，如果他们两人结盟，那么这种邀请就是为了作秀，梁雨就没必要拒绝，所以梁雨的盟友也一定不是林忠寒。因此，梁雨的盟友就只能是郭少非了，那么她当时给张亚然的数字‘6’就一定是7号的数字。

“想必郭少非和梁雨结盟也只是为了利用她而骗她，他真正的盟友始终都是林忠寒。这两人利用完了梁雨后，再一人给她一个假数字，就可以直接把她骗出局了，这就是为什么梁雨会在一天的时间内连续丢掉两次尝试机会。呵呵，似曾相识的剧情。”

现在，罗维的密码锁上，已经填满了8个数字：3-1-0-7-8-6-2-5。

最后的两个数字“4”和“9”，就在林忠寒和叶文美手上。距离最终的胜利，只差最后一步了。

11月28日，星期天，密码游戏的最后一天，下午1点，今羽茶馆。

圆桌周围只剩下3个人：

1号罗维；

5号林忠寒；

8号叶文美。

看来麦芽妹果然没有把罗维的数字给林忠寒。

叶文美喝着茶说道：“这个茶会还有必要吗？”

所有人都知道，越到游戏的后期，茶会的意义就越小。如今这个茶会已经成了一种仪式。

罗维说：“还是要有仪式感，对吧，林忠寒？”

林忠寒说：“不是仪式感，这是公约，是公约就要遵守。”

罗维说：“有必要装正派吗？你干的那些坏事我们早就知道了。”

林忠寒说：“不好意思，请问我做了什么坏事？”

罗维说：“先是绑架真正的7号，然后袭击我，砸伤四明，最后还想杀了我和叶文美……这些其实都是你的主意吧。”

林忠寒平静地回答罗维说：“你说的这些都是郭少非干的事，跟我没有任何关系。”

罗维问：“你敢说你一点儿罪责都没有吗？你难道对这些事全然不知吗？”

林忠寒说：“今天早上谢云已经被警方送回来了，我和她都是被郭少非威胁的受害者。”

罗维说：“把这些罪责全部甩给盟友的你也敢自诩公正吗？郭少非不遗余力地帮你获胜，你内心难道一点儿都不愧疚吗？”

林忠寒没有说话。

叶文美说：“难道郭少非他……”

罗维说：“其实一直都很明显的。郭少非宁肯进监狱也不说出7号的数字，你以为是为了什么？”罗维站起来，双手撑着桌子愤怒地看着林忠寒，“他费尽心机参加这个游戏的目的是什么？”

林忠寒保持沉默。

罗维说：“郭少非的目的根本就不是钱，他只是想让你赢而已。我不知道你们两人之间有过什么样的经历。郭少非已经被抓了，我猜他是无论如何都不会出卖你的。”

两人都沉默着。

罗维说：“拿到奖金之后你打算怎么办？和老婆孩子一起离开这座城市，不用担心别人来追债，过着完美的生活？而他为你背负了所有的罪名，你一辈子都亏欠着这个人，你要这样的人生吗？”

林忠寒问：“你想要我怎么做？”

罗维说：“很简单，现在就退出游戏，去向警官自首，告诉他们这些事都是你计划的。这样郭少非的量刑也会从轻处理。”

“不行！”叶文美突然慌了。她很清楚，如果林忠寒退出游戏，罗维是不可能把数字给她的，她的分数比罗维低，罗维只要按兵不动直到游戏结束，他就能获胜。

林忠寒大笑起来：“哈哈哈！”

罗维和叶文美都诧异地看着林忠寒。

“这就是你最后的计策吗？星氧？”林忠寒顺手点了一根烟，“看来你也已经黔驴技穷了。”

这时，罗维也笑了起来，然后，目光从林忠寒身上移开。

叶文美严肃地说：“罗维，你跟我说实话，林忠寒到底有多少分了？”

罗维说："虽然我不想打击你，但恐怕现在除了我和6号的数字，其他的数字他应该都拿到了。"

林忠寒从一开始就在监视所有人，而且郭少非知道的所有数字都会告诉他。

2号张亚然的数字已经暴露给了梁雨，梁雨自然会告诉郭少非，也就相当于告诉了林忠寒。

3号麦芽妹第二天就和林忠寒在茶会上交换过数字了。

如果郭少非不知道4号的数字，他也就不可能会去袭击4号。

同理，郭少非也一定知道8号的数字，不然他不可能让假冒成人质的7号说自己的数字是"2"。

9号梁雨和郭少非结盟的时候就已经把自己的数字暴露给他们了。

林忠寒偷听了我和亚然的对话，所以他也可以肯定10号的数字就是"5"。

叶文美说："那你呢，罗维？这几天我和郭少非都暴露了很多信息给你，你应该也能推测出不少数字吧？"

罗维说："你知道也没用的，我们已经很难获胜了。"

叶文美问："为什么？"

林忠寒又自信地笑了笑说："想知道为什么吗？"

罗维和叶文美两人看着林忠寒。

林忠寒说："我早在游戏的第四天就已经集齐了8位数字了，目前我们3个中间，我是优势最大的玩家。我根本不用管你们两人已经多少分了，只要你们还没赢，哪怕你们都是8分，也没办法赢我。”

罗维说：“的确。根据游戏规则，如果到了游戏最后还没有玩家输入完整的密码，那么分数最高的玩家就会获胜。如果最高分的玩家有多个，那么最先获得这个分数的玩家就会获胜。”

叶文美说：“所以说，只要我们 3 个都不进行任何交易，游戏一结束，获胜的就是你。”

“没错，”林忠寒吐着烟圈说道，“我本人只要保持沉默就行了。至于你们，我就问一个问题——你们两个敢交换数字吗？”

罗维和叶文美互相看了一眼，没有作声。

林忠寒说：“游戏已经进行到这一步了，你们谁会把真正的数字告诉对方呢？这个游戏可没有两个赢家，如果你们真的打算交易，谁会蠢到把真正的数字说出来让对方赢呢？”

叶文美心里非常清楚，就算她现在真的和罗维交易，不管罗维想要谁的数字，她都没有任何理由给他一个真实的数字，想必罗维也一定是这么想的。

两个人交换数字的方法已经行不通了。然而此时的叶文美，脑中仍然还剩两个方法让自己有机会获胜。

罗维说：“也就是说，你现在也只剩下一次尝试机会了？”

林忠寒说：“嗯。”

罗维问：“是跟梁雨有关吧？”

林忠寒说：“是的。第三天的茶会，梁雨原本应该把张亚然的数字给郭少非，但她给的却是四明的数字。那一天我损失了一次尝试机会。”

罗维终于明白了，当时梁雨和张亚然在茶会上交易的时候，梁雨选择要 4 号数字的原因。恐怕那个时候她已经开始怀疑郭少非了——郭少非原来的计划是让她获取张亚然的数字，并且承诺会给她 4 号的数字，而她则为了验证郭少非会不会骗她，私自选择了要 4 号四明的数字。

叶文美站了起来准备离开。

罗维问：“你去哪儿？”

叶文美说：“反正已经输了，留在这个茶馆有什么用。”

罗维问：“你就这样放弃了吗？”

叶文美问：“怎么？难道你还想跟我交换数字吗？”

罗维说：“不试试怎么知道呢？”

叶文美说：“不好意思，我从来就没有信任过你。”说完，叶文美拎起包，朝门口走去。

林忠寒问：“想去买数字吗？”

叶文美停下了脚步。

林忠寒拿起了手机，把屏幕亮给了叶文美看：“我都已经安排好了，只要我一条消息发过去，我的管家随时都会帮我充值到密码游戏的网站。”

叶文美问：“你什么意思？”

林忠寒说：“今天只要你们俩中的任何一个人踏出这个茶馆一步，我就会立刻让他买下我要的数字。”

叶文美和罗维再一次陷入沉默。

林忠寒平和地说道："两位都坐下吧。这几天辛苦你们了，认识这么久也没有好好招待过两位，今羽茶馆的饭菜不错的，今天两位就在本店好好休息一天吧，就当是我林某表达对你们的感谢。"

叶文美回到了自己的座位，和罗维同时坐了下来。

林忠寒说："星氧。"

罗维问："怎么？"

林忠寒把手机放回了口袋说："跟你说实话吧，这几天我和郭少非为了对付你，真的没少花心思。"

罗维："……"

林忠寒说："郭少非以前是我的跟班，我跟他也认识很久了，这小子虽然看起来大大咧咧，其实内心是个非常缜密的人，他能精细地规划好每一件事，能够预判所有人的行动。他真的是我见过的最聪明的人，也是我最得力助手。可惜，他还是败在了你的手里。"

罗维问："你想说什么？"

林忠寒说："现在郭少非已经不能再帮助我了，我身边缺少一个能帮我出谋划策的人，我除了这个茶馆，还有很多其他的生意。"

罗维问："你是想让我跟你干？"

林忠寒说："非常希望。"

罗维没有说话，他看得出来，林忠寒说的都是真心的话，他也不敢在自己面前说假话。

林忠寒说："知道了你的能力后，我和郭少非都很畏惧你，所以基本上不会在你面前说话，我们都怕自己一不小心说漏嘴。"

叶文美问："罗维的能力？"

林忠寒笑了笑说："你还不知道吗？这小子一眼就能够看穿别人的谎话，为了能找到对付他的方法，我和郭少非可是想破了十几个脑袋。"

叶文美说："是吗？"叶文美的表情和语气都充满了嘲讽。

罗维问："那你赢了钱想干吗？"

听到这句话，林忠寒的表情又严肃了起来。

"我并不想隐瞒你们。"他掐灭了烟头，认真地对着两人说道，"但我心里知道，我是10位玩家中最需要这笔钱的人。"

罗维和叶文美没有作声。

林忠寒说："我3年前在境外欠下了赌债，为了躲债，我带着妻子和女儿跑到了这座城市，我们一家人平稳地度过了近3年。可直到4个月前，他们追到了这里。那些追债的人已经找到了我的父母，我的母亲已经被他们袭击住进了医院。我知道，我的住址不久也会被他们发现。"

罗维问："所以你才急需这笔钱还债，对吗？"

林忠寒说："是的。"

罗维问："那你还剩多少钱要还？"

林忠寒说："正好1000万元。"

罗维："……"

叶文美："……"

林忠寒说：“我不知道我还能撑多久。我必须在他们下一次对我的家人动手前把钱还给他们。现在你们知道为什么我会这么执着于这个游戏了吧？”

罗维和叶文美依然没有说话。

林忠寒说：“我答应过我的妻子，绝对不会再赌钱。这就是我到现在都没有买数字的原因。”

烟雾环绕着整个房间，压抑的氛围反倒让林忠寒感到了一丝慰藉。

3个人都沉默着。

罗维问：“你真的以为我已经放弃游戏了吗？”说着，罗维突然转头看着叶文美，“8号，我们结盟吧！”

这同样也是叶文美的最后一个方法了。

“看来也没有其他办法了。”叶文美认真地对罗维说，“我来输入数字，获胜之后，我们平分奖金！”

这时，3个人同时站了起来，快速地拿出了手机！

林忠寒问：“你们还要白费力气吗？”

罗维也严肃地说：“与其看着让你赢，还不如自己……”

“别跟他废话了！”叶文美喊住罗维，说道，“快把你知道的数字都发给我！”

林忠寒说：“如果你们非要这么做，我也不会再顾及你们的情面了！”说着，林忠寒也打开了手机准备输入消息。

罗维这时愣了一下，看着林忠寒问：“万一他真的买数字怎么办？”

“星氧，你不要管他！”叶文美对着罗维吼道，“他汇款还需要时间！我们必须赶在他买到数字之前输入正确的密码！”

没错，只要在林忠寒看到官网给他的数字之前输入最终的密码，他就不会获胜！

“3”“1”“0”“7”……罗维飞快地在自己的屏幕上敲打着数字。

林忠寒看到这个场景，也紧张起来，他犹豫地看着在手中颤抖的手机屏幕，拇指悬在半空迟迟不肯放下。

……“6”“×”“2”“5”！

罗维输入了他知道的所有数字。

“发送成功！”罗维和林忠寒两人同时按下了发送键。

“哈哈哈哈！”叶文美放声大笑，“对不起啦星氧！奖金我全部拿走了！”

罗维痴痴地看着叶文美，一句话也说不出来——刚刚情况紧急，麻痹了他的判断力，他突然意识到，方才的他忘记了一件最严重的事情：自己的谎言分析对叶文美是没有用的！

叶文美自信地笑着，然后在官网上输入了全部的密码，已经没有任何人可以阻止她了……

10 秒钟后。

3个人的手机同时收到一条短信：

密码游戏最终结果揭晓！恭喜1号玩家【星氧】正确输入了最终密码的全部数字，获得本次密码游戏的胜利！

——黄油

林忠寒和叶文美张大了嘴看着罗维。

罗维摆了摆手机的屏幕给两人看。

恭喜您，星氧，您获得了本次密码游戏的胜利！

——密码游戏官网

“不好意思，我赢了。”罗维面无表情地对着两人说道。

第十五章

冬阳

时间回到早上9点。警察局门口。

谢云疲倦地从警察局走了出来。当她正准备拿出手机打给林忠寒时，一个男人走到了他的面前，这个人就是罗维。

谢云慢慢放下了手机问："你是……昨天那位？"

罗维问："方便借一步说话吗？"

谢云说："你有什么想问的，就在这里说吧。"

罗维问："你知道林忠寒参加了密码游戏的事吧。"

谢云点了点头说："虽然他没有直接跟我说过，但我也注意到了。"

罗维问："你还想让他继续这个游戏吗？"

谢云低着头，没有说话。

罗维说："看看郭少非吧，你希望你丈夫变成他那样吗？"

谢云颤抖着问罗维说："你告诉我，从游戏开始到现在，他有没有做过伤害别人的事？”

罗维说：“虽然他没有亲自动手，但所有的事都是有预谋的，我想他脱不了干系吧。”

谢云：“……”

罗维说：“如果你不想让他越陷越深，就阻止他吧。”

谢云说：“可我又能做什么？他现在根本不会听我的话。”

罗维说：“只要让游戏结束就行了。”

谢云说：“让游戏结束？怎么做？”

罗维凑近了过来，轻声地问：“很简单，把林忠寒的数字告诉我，我来结束这场游戏。”

谢云说：“这……”

这时，谢云的手机响了，她又拿起手机，上面显示着林忠寒的来电。

罗维说：“你这也是在救他。”

手机不停地振动着。

谢云说：“可我并不知道什么数字啊……”

罗维说：“你是他最亲近的人，你再仔细想想，你有在什么地方见过跟密码或数字有关的东西吗？”

谢云回忆着，想起了那天夜晚，林忠寒在阳台上一边抽烟一边看手机，虽然是无意识的，但她清晰地看见了林忠寒在输入框中输入的内容：

不好意思各位，我因私人原因，决定退出游戏。我的数字是9。

谢云抬起头，认真地看着罗维说：“9。”

确认了谢云的表情，罗维笑了笑，淡淡地扔下了一句“谢谢”，就离开了。

茶会上。罗维手机上的密码锁上暗淡地排列着10个数字：3-1-0-7-9-8-6-4-2-5。

林忠寒瘫软地坐在了座位上。叶文美依然张着嘴瞪着眼睛看着罗维。

叶文美问：“那你今天还来茶会干吗？”

“我不是早就说了吗？要有仪式感嘛！”罗维笑着说，站起身来，“那么有缘再见了，两位。”

离开了茶馆，罗维大吸了一口气，清爽的空气充满了他的全身，如释重负的罗维回头看了一眼“今羽茶馆”的招牌，突然觉得特别有艺术感。

一个月后。

上午，晴天，罗维一个人，一边走在城市的街道上，一边戴着耳机听广播。

“密码游戏主办方公司发布新闻招待会，申明密码游戏相关真人秀节目的播出时间待定，总导演表示因审核问题将会继续跳票。”

罗维低语：“本以为密码游戏的热度早就降了下来，结果又上了话题榜，真是麻烦。”罗维最想看到的是这个活动立刻终止并烂尾。

即便是打了马赛克，他也不希望自己的脸出现在全国的电视屏幕上——毕竟自己已经是身家千万的富豪了。

据说游戏结束后，林忠寒一直待在公安局里配合调查郭少非的事情。

叶文美拿着100万元开始了环球旅行。

赵伯明倒是跟罗维成了朋友，为了感谢赵伯明的救命之恩，罗维已经请他吃了好几顿饭了。

罗维还从赵伯明口中得知，密码游戏官网的负责人黄油被查出收了林忠寒的贿赂，已经被主办方解雇了；而那些被淘汰的玩家也没有得到黄油之前承诺的所谓的封口费，毕竟这种承诺都是黄油的个人行为，又不是主办方说的。至于这解雇的戏码是不是黄油和主办方为了骗那些玩家早已设计好的，罗维就不清楚了。当然，罗维也不感兴趣。

这时，罗维突然收到了赵伯明发来的消息：

六明：宇杭已经出院了。

罗维会心一笑。四明的身体康复得比想象中要快得多，也不知道是他身体体质太好，还是郭少非当时下手真的拿捏过轻重。

冬日的暖阳照映着喧闹的街道，罗维并不太喜欢这样的气氛。手中拿到的1100万元至今没有动过一分，罗维这一个月都在想该如何用这笔钱。

这时，罗维走到了一家熟悉的餐厅面前，他停下了脚步，想起了记忆深处皮蛋瘦肉粥的味道。

罗维感到一阵紧张的气息从身后传来——那种恐怖又熟悉的气息正在快速向自己靠近！

罗维转身一看，行人中一只巨大的金毛钻了出来，扑向了自己……

番外一

年龄

11 月 25 日，星期四，下午，市中心某游戏厅。

廖嘉妍是赵伯明今年第五个相亲对象。

廖嘉妍说：“我们去玩那个 3D 赛车吧。”

赵伯明看着廖嘉妍指的方向，是《头文字 D》主题的赛车街机。

赵伯明非常中意眼前的这位美女。赵伯明今年 28 岁，从上一段恋情结束到现在已经 6 年了，他发誓这一次绝对不能再失误了，一定要把她追到手。

“游戏币不多了，要不再去买点儿？”赵伯明看了看篮子中的游戏币，还剩 8 枚。

廖嘉妍说：“那可不行，我说过你要在游戏币用完之前猜出来的，现在去买就算作弊了。”

赵伯明说：“哎？你还记得这件事！”

赵伯明回忆起了刚进游戏厅时和廖嘉妍说过的话。

半小时前。

两人在前台买好了一篮游戏币。

廖嘉妍说："哪有一上来就问女生年龄的！"

赵伯明说："呃，不好意思。"

廖嘉妍说："对了，你不是警官吗？"

赵伯明说："算半个警官吧。"

廖嘉妍说："那你侦察能力一定很强吧，不如你来推测一下我的年龄？"

赵伯明问："想考验我？"

廖嘉妍反问："害怕了吗？"

赵伯明笑了笑说："行，我试试。"

廖嘉妍说："有时间限制的哦。"

赵伯明问："是多久呢？"

廖嘉妍说："那就规定，必须在我们把游戏币用完之前猜出来。"

此刻。

赵伯明说："我一直在欣赏你的外貌，忘记猜年龄的事了。"

廖嘉妍说："噗！强撩我是没用的。"

廖嘉妍的网上资料只有一行：女，本地人，医学专业本科，除此之外没有任何信息。对赵伯明来说，这次的相亲对象实在太神秘了。

两人走到了相邻的两个驾驶座前，廖嘉妍俯身看着投币口。赵伯明发现，正在阅读文字的廖嘉妍把脸凑得非常近。

廖嘉妍说："3 枚游戏币玩一次，还可以玩一局。"

赵伯明点了点头，他发现廖嘉妍的鼻根两侧有两个对称的印痕。

投币后，两人分别坐上了自己的驾驶座，开始了游戏。在赛车起跑的瞬间，赵伯明发现廖嘉妍的左手稍微松了一下，又马上抓住了方向盘，然后用右手切换了挡位。

两人正激烈地进行着游戏。

没多久，游戏突然暂停了，机器播放了一段日语的语音，屏幕上弹出了相关的提示文字，但是字都特别小，赵伯明 2.0 的视力都只能勉强看清——"游戏时间已到，追加 1 枚游戏币可继续游戏！"

赵伯明说："游戏时长也太短了吧。"

廖嘉妍说："正好我们还有两枚游戏币，都投进去吧。"

赵伯明说："用完这两枚游戏币就算时限结束了，对吧？我说猜年龄的时限。"

廖嘉妍说："对啊，你可要想清楚了！"

赵伯明思考了一会儿。

"没问题了，投进去吧！"说着，赵伯明把最后的两枚游戏币塞进了投币口。

3 分钟后，游戏结束。

两人走出了游戏厅，在一家咖啡厅坐了下来。

廖嘉妍刚想说话，赵伯明抢先轻笑了一下说："我大概已经猜出来了，你的年龄。”

廖嘉妍说：“是吗？你说说看。”

赵伯明说：“那我就按步骤说说我的推测吧。首先，你有近视。”

廖嘉妍说：“你怎么知道？”

赵伯明说：“刚刚投币的时候，你在阅读投币说明时脸凑得非常近，而且你的鼻根两侧都有凹痕，说明你平时都会戴眼镜，只不过今天为了跟我见面把眼镜摘掉了。”

廖嘉妍说：“嗯……你说得没错。”

赵伯明说：“然后，你在日本留过学。”

廖嘉妍说：“何以见得？”

赵伯明说：“刚刚起跑的时候，你的左手稍微松开了方向盘，虽然你立刻改了过来，但我还是看到了——你应该是想用左手去换挡。”

廖嘉妍说：“这说明什么？”

赵伯明说：“这表示你大部分时间开的都是驾驶座在右侧的车，而国内的驾驶座都在左侧，所以你的驾照一定不是在国内拿到的。”

廖嘉妍说：“那也不能说明我的驾照是日本的，很多国家的驾驶座都在左侧。”

赵伯明说：“从进游戏厅开始，你找的街机大多都是日语的。刚刚屏幕上的提示文字非常小，连我都不能完全看清，而眼睛近视的你却立刻明白了提示的内容，说明你是听了那段日语的语音才懂的，所以你一定懂日语。结合这两点，基本可以判断你在日本留学过。”

廖嘉妍说："竟然能推测到这一步，然后呢？"

赵伯明说："你是学医的。据我所知，和国内不一样，日本的医学本科统一都是 6 年制。从 18 岁高中毕业，加上一年的语言预科后进入大学，到毕业是 25 岁——所以你今年的年龄是 25 岁，我猜得对吗？"

廖嘉妍问："可……可你怎么知道我是今年毕业的呢？"

赵伯明笑了笑说："你还是习惯用左手换挡，说明你一定刚回国不久。今天是周四，按理说应该是上班的时间，根据我的了解，刚入职的实习医生可都是非常忙碌的，根本不可能为了相亲这种事去请假，因此你现在应该处于刚刚毕业的未就职状态。所以我基本能确定，你是今年才毕业回国的。"

自信满满的赵伯明本以为这段分析会让廖嘉妍欣喜若狂。

廖嘉妍说："好吧，你猜对了。"廖嘉妍的表情却毫无波澜。

赵伯明说："嗯……那……算我赢了？"

廖嘉妍说："是啊，你确实很厉害。"

赵伯明说："可是……你输了也不用这么不开心吧，一个游戏而已。"

廖嘉妍喝了口咖啡，说道："难怪你之前的相亲都失败了。"

赵伯明问："为什么？"

廖嘉妍说："你自己想想，既然你都知道我为了见你特意不戴眼镜，为什么还要揭穿呢？"

赵伯明说："这……"

廖嘉妍说："我不戴眼镜就是不想让你知道我有近视。你不知道这样直接揭穿别人，会让别人不高兴吗？”

可不揭穿这一点又怎么解释我的推理呢？赵伯明心里这么想着，并不敢讲出来。

廖嘉妍继续说：“你虽然很聪明，但并不是我欣赏的那种聪明。”

此刻的赵伯明有些沮丧，看得出来廖嘉妍已经很不满了，他可不想因为这件事而失去和廖嘉妍继续发展的机会，然而现在的他也不知道该说些什么。

突然，赵伯明的手机响了起来。赵伯明低头看了看，是一个陌生的号码。

赵伯明知道，如果现在不赶紧组织好回复廖嘉妍的语言，就一点儿希望都没了，同时他也非常清楚，“陌生的电话一律都要接”是作为警官的职业要求。

赵伯明赔着笑脸对廖嘉妍说道：“不好意思……”然后站起转过身，接通了电话。

赵伯明说：“喂？”

陌生女子急促地说道：“你是赵伯明吗？”

赵伯明说：“是的，您是？”

陌生女子说：“赶快叫救护车！你弟弟赵宇杭在江北路被一块巨型广告牌砸伤了！现在已经昏迷了！”

说完，陌生女子挂断了电话。赵伯明僵住，大脑产生了瞬间的空白。

番外二

黄油

廖嘉妍问：“怎么了？”

赵伯明说：“对不起，我家人出事了，我得马上走了！”说着，赵伯明头也不回地离开了。赵伯明心里非常清楚，他这一走，代表着约会又一次彻底失败了，看来自己和廖嘉妍的确是毫无缘分。

廖嘉妍尴尬地自语道：“俗套的借口。”

30 分钟后。市医院，抢救室门口。

浑身鲜血的赵宇杭被医护人员送进了抢救室，赵伯明被拦在了抢救室的门外。

赵伯明焦急地在门外的走廊徘徊着，突然他发现，在刚刚担架经过的过道上有一个眼熟的钱包。他捡起钱包，发现钱包正是弟弟的，应该是刚刚从弟弟的口袋中掉出来的。赵伯明打开了钱包，发现了一张熟悉的银行卡。此时的赵伯明内心除了惶恐和忧虑，还多了一份自责——他知道，弟弟遭遇这种事一定不是偶然，并且一定跟密码游戏有关。

如果我能够再谨慎点，宇杭就不会出这种事了。赵伯明回想起了这几天的经历。

赵伯明早就知道这个游戏有多危险，这也是他一开始就退出游戏的原因。在赵伯明退出游戏后，他的弟弟4号四明（赵宇杭）为了能在游戏中获胜，不停地向哥哥寻求帮助。

四明：这次茶会应该跟谁交易？

六明：跟8号吧，她应该会愿意和你交换数字。

四明：好！

六明：这是我最后一次帮你了。

每次赵伯明都这么说，但赵宇杭总是会在关键时刻又找到他。

赵宇杭非常明白，如果不是哥哥为自己出谋划策，自己根本不可能在游戏中取得任何优势。赵伯明也知道，弟弟陷入这个游戏越深，危险也就会越大，而心软的他总是被弟弟的各种花言巧语说服。他一次又一次的“最后一次帮助”，最终酿成了弟弟如今的惨剧。

赵伯明陷入了无限的自责和悔恨。这时，一对青年男女跑了过来。

张亚然：“你是阿呆的家人吗？”

某街道路口。郭少非朝一个穿紫色派克服的女子走了过去。

郭少非把一个黑色盒子递给了女人说："把这个给狗巴。"

女人说："这是什么？"

郭少非："肌肉松弛剂。打了这个药，他的身体会变得非常虚弱。"

女人说："这……为什么要这么做？狗巴不是你的人吗？"

郭少非："这么做是为了确保罗维不会识破我们的骗局。你只要在给狗巴送饭的时候顺便把这个药给他就行了，他自己知道该怎么做。"

女人说："……我知道了。"

郭少非："时间不多了，有两个人在同时跟踪我，我得走了。你自己注意。"说完，郭少非转身离开了。

晚上7点30分，医院。

罗维和张亚然离开后，赵伯明的手机响了起来，是爸爸的来电。

爸爸："宇杭他怎么样了？"

赵伯明说："还在昏迷。你为什么还不来？"

爸爸："我在和客户吃饭，抽不开身。"

"他是你亲儿子啊！"赵伯明怒吼道。他早就清楚爸爸对弟弟的冷漠，却没想到会到这种程度。

爸爸："我现在也很着急，但今天的饭局非常重要，它关系到我们整个企业的命运，如果我们破产了，就没钱给宇杭治病了，你懂吗？”

又是这种托词。赵伯明根本不想听，也不想去质问。

“如果你还在乎宇杭，现在就赶快过来！”说完，赵伯明挂掉了电话。为了压抑内心的怒气，赵伯明走到阳台上点起了一根烟。

几亿的资产，说破产就破产？没钱治病？还把我当小孩儿吗？赵伯明从来不在别人面前发火，但每次想到父亲，他总是会控制不住自己。

赵伯明深呼吸着让自己冷静，他意识到现在不是发脾气的时候。弟弟仍然昏迷着，待在这里什么事都做不了，刚刚和罗维的交流能够说明，袭击赵宇杭的人很有可能就是密码游戏的玩家。

赵伯明立刻掐灭了烟头，拿出手机拨着号码。此时的他已经下定决心，一定要亲自找出袭击弟弟的犯罪嫌疑人！

电话被接通。

赵伯明说：“你好，我是赵伯明，我想跟你谈谈。”

陌生女子说：“好。”

晚上9点，某图书馆。

赵伯明坐在角落的书桌旁，对面坐着的是一位黑色长发、秀眸惺忪的少女。

赵伯明说：“你就是黄油？”

少女乖乖地点点头。

赵伯明说：“没想到群主竟然是个女的。”

黄油的声音很小，像个做错事的小孩子：“你在找袭击4号的犯罪嫌疑人吗？”

赵伯明说：“是的。”

黄油说：“我可以帮你。”

赵伯明说：“那我就不客气了——麻烦把你现在知道的全都告诉我。”

黄油说：“这个不行。”

赵伯明说：“为什么？”

黄油低着头，没有说话。

赵伯明说：“你有自己的隐私吗？”

黄油说：“不是我的隐私……是因为这关系到密码游戏的运行。”

赵伯明说：“既然如此，为什么你会答应跟我见面？”

黄油说：“我一直都知道袭击4号的人是谁，我也可以告诉你，但你必须答应我一个条件。”

赵伯明说：“什么条件？”

黄油说：“不要报警。”

赵伯明清楚，黄油是主办方的人，密码游戏的主办方目前最希望的并不是抓住犯罪嫌疑人，而是息事宁人，让游戏顺利进行下去。

赵伯明说：“我就是警官。”

黄油说：“我是说，暂时不要惊动警局。如果警局出面抓人，那密码游戏就会被迫终止，这几个月的准备和成本就全都白费了。”

赵伯明想了想说：“好，我答应你，只要没有无辜者受到威胁，我可以暂时不报案。”

黄油点了点头。

赵伯明说：“那你现在可以告诉我了吧，到底是谁袭击了宇杭。”

黄油拿出了一张照片给赵伯明看——照片上是一个白头发的青年男子。

黄油说：“这个人叫郭少非，23岁，他不仅是袭击4号的犯罪嫌疑人，还牵扯到了一桩绑架案。”

赵伯明说：“绑架案？！”

黄油说：“嗯。”

赵伯明说：“他绑架了谁？”

黄油说：“真正的7号，周越平。”

赵伯明说：“真正的7号？你是说，郭少非是假的7号玩家吗？”

黄油说：“没错。密码游戏开始的那天凌晨，也就是你刚刚退出玩家群的时候，周越平给我打了一个电话，他说他的游戏账号被盗了，请求我冻结他的账号。”

赵伯明说：“是郭少非盗取了他的账号。”

黄油说：“是的。我当时冻结了他的账号，并跟他说明天早上我会去处理这件事，让他不要声张而影响其他玩家的游戏。可是到了第二天，我就打不通他的电话了。同时，我的手机还收到了他最后发来的短信。”说着，黄油把短信展示给了赵伯明。

我被绑架了，现在在车上。

发件人是周越平，时间为早上 6 点 30 分。

黄油说：“之后再联系他，就一直没有回音了。”

赵伯明说：“看来这是他唯一的求救机会。想必绑架他的人一直守在他家门口，等他一出门就动手。”

黄油说：“从第一次茶会开始，主办方就一直在监视着所有玩家。”

赵伯明说：“监视？你们是怎么监视的？”

黄油说：“通过 5 号玩家，林忠寒。”

赵伯明说：“林忠寒，我记得他是玩家群的群主。”

黄油说：“是的。林忠寒本来并没有被选中为玩家，但是我接受了他的贿赂，让他成了玩家。”

赵伯明说：“也就是说，所有的玩家并不是随机选出来的，而是由你来选择的？”

黄油说：“嗯。林忠寒为了成为玩家，还答应帮我处理摄影的工作。我把主办方派给我的摄影师都交给了林忠寒，林忠寒让这些人去跟拍其他的玩家。”

赵伯明说：“摄影是为了什么？”

黄油说：“为了节目。整个密码游戏，其实就是一个高成本的节目。”

赵伯明恍然大悟道：“原来如此，这才是你们举办这场游戏的真正目的。也就是说，林忠寒从一开始就是你们的人。”

黄油说："准确地说，是我的人。受贿的事我并没有让主办方知道。"

赵伯明说："也对。可你把这些摄影师都交给林忠寒，不怕暴露吗？"

黄油说："我怕，可是没有办法啊，我根本没时间去处理摄影这方面的工作。我要专心去调查盗号和绑架的事情。"

赵伯明说："你一个人吗？也就是说，连主办方都不知道7号已经被绑架的事？！"

黄油说："是的。我接到周越平的电话时，并没有第一时间告诉我的老板。我是游戏官网的网站维护员，如果玩家的账号被盗，老板一定会怪罪我。但我没想到后来周越平竟然被绑架了。整个事情我一个字都没跟老板说过。"

赵伯明说："所以你一直都是一个人在调查绑架案，对吗？"

黄油说："嗯。这3天，我一直在跟踪郭少非，但是我一无所获。周越平的住宅我也去过，找不到任何线索。"

赵伯明说："你怎么知道是郭少非绑架了周越平？"

黄油说："是林忠寒告诉我的。游戏的第一天，郭少非就找到了林忠寒，他们很早就认识，也就顺理成章地结盟了。郭少非也把绑架的事告诉了林忠寒，然而林忠寒只是表面答应了郭少非的结盟邀请，他心里并不认同郭少非的做法，所以林忠寒为了对付郭少非，就把他绑架了周越平的事告诉了我——林忠寒希望我来帮他摆平郭少非，让郭少非出局。他心里也清楚，如果让郭少非这样的人参与密码游戏，一定会毁了这个游戏。"

赵伯明说："林忠寒没有告诉你周越平被囚禁的地址吗？"

黄油摇了摇头说："没有，他说他只知道郭少非绑架了周越平，其他的事郭少非也没有告诉他。但他说他能确认，周越平只是被囚禁了，暂时没有生命危险。不过我想，真正的地址郭少非也不会告诉林忠寒吧。"

赵伯明说："原来如此，所以你才会一直跟踪郭少非。"

黄油说："是的。但是我今天跟着他到了新马高架后，他突然就不见了。"

赵伯明说："之后呢？"

黄油说："我当时发现自己跟丢了，就不停地在高架附近找他。我本以为应该不可能再找到他了，可隔了一段时间后我又在一座桥上发现了他。"

赵伯明说："大概隔了多久？"

黄油说："大概 15 分钟吧。然后我就一直跟着他到了江北街区，并且亲眼看到他放倒了路边高处的广告牌，把四明砸晕了。"

赵伯明说："原来是这样。郭少非……"赵伯明深深地记住了这个名字。

黄油说："我当时不敢出面，所以马上给你打了电话。但打完电话后，郭少非就不见了。"

赵伯明说："郭少非现在也在茶会上吗？"

黄油说："嗯，他是今天加入茶会的。因为他发现我不敢公开地揭穿他，所以就明目张胆地露面了。"

赵伯明说："真是个嚣张的家伙。"

黄油说："根据现在的情况，他一定会越来越嚣张。我不知道他今后还会做出什么事情。"

赵伯明说："所以你今天把这些事都告诉我，是为了寻求我的帮助，对吗？"

黄油说："我一个人已经阻止不了他了，赵警官，现在只有你可以帮我！我希望你能尽快找到周越平，然后抓住郭少非。只有这样，才能让密码游戏顺利进行下去。"

赵伯明说："可如果我抓住了郭少非，主办方迟早还是会知道你的事。"

黄油说："没有关系，我的过错我自己会去承担，但一定不能让密码游戏因为郭少非而终止！如果游戏能正常地进行，等游戏结束后，我就会主动向老板坦白，也会积极配合警方的调查。"

赵伯明闭上眼，揉了揉鼻梁。

赵伯明说："这几天真是辛苦你了。"

黄油的眼中充满愧疚地问："你能帮我吗？赵警官。"

赵伯明睁开了眼睛，认真地看着黄油说："虽然可能还是会需要你帮忙，但剩下的就交给我吧。"

黄油说："真的吗？"

赵伯明说："我答应你，我会在游戏结束前找到周越平，并抓住郭少非。"对赵伯明来说，无论是为公还是为私，这件事都非做不可，想到这里他不由得苦笑了一下。当初是为了不和这个游戏扯上关系才选择退出的，没想到最后还是被牵扯了进来。

"太好了！"黄油开心地笑了起来。这个突如其来的笑容让赵伯明有些不知所措。

赵伯明说："你看起来年纪挺小的，竟然能被主办方委以这么多重任。你是怎么加入他们的？"

黄油说："我在找实习的工作啊，然后就找到他们了。"

赵伯明说："实习？"

黄油说："还没自我介绍呢，我本名叫欧阳静音，21 岁。如果不习惯，可以继续叫我黄油，嘿嘿。"这时，黄油的眼神突然锐利起来，语气就像换了个人一样，浑身充满了自信，甚至有一点儿自傲，这让赵伯明感到有种说不出的迷茫。

赵伯明说："对了。关于郭少非的事，除了你、我和林忠寒，还有别人知道吗？"

黄油说："还有两个人。"

赵伯明说："谁？"

黄油说："星氧和亚然。"

赵伯明说："1 号和 2 号？"赵伯明想起来，今天在医院的时候罗维和张亚然都提到过宇杭可能是被某位玩家袭击的事，想必他们说的就是郭少非吧。

赵伯明说："他们是怎么知道的？"

黄油说："当我知道郭少非要对星氧动手时，我提醒过他，可惜他并没有理我。"

赵伯明说："你这样提醒他，不怕暴露绑架案的事吗？"

黄油说："暴露给星氧没问题的，他不会说出去的。"

赵伯明说："你看起来很了解他？说起来刚刚见到罗维的时

候，他好像也认出了你的手机号码。”

黄油微微地笑着说：“我告诉你吧，其实我根本不是以黄油的身份提醒他的。”

赵伯明说：“那你是用什么身份？”

黄油说：“我很早之前就加了他的好友，用一个叫 Viola 的小号。那时我们经常聊天，我知道他是一个很聪明的人，也符合成为玩家的要求。如果他来当玩家，后期的节目一定会很精彩。”

赵伯明说：“所以你选择他成了玩家。”

黄油说：“哈哈，没错！可是你知道吗，游戏开始了之后，那个家伙居然好几次无视我发的消息。”

突然健谈起来的黄油让赵伯明感到有些不适应。

赵伯明说：“你都发了什么消息？”

黄油说：“刚开始当我知道 7 号被绑架的时候，我特别担心星氧也出意外，所以就假装慰问他，看他有没有事，结果他根本不回复我，害我担心了好久。直到第二天林忠寒告诉我他出现在茶会上，我才放下心来。”

赵伯明说：“可能他不想暴露自己的信息吧。我觉得他的脑回路跟一般人不一样。”

黄油说：“后来，我的调查一直没有进展，无奈之下我就想请求他的帮助，可那个家伙还是没回复我。当时我又气又急，还差点儿把他删除好友。”

赵伯明说：“那可真是危险。”

黄油说：“后来他发现我知道一些内幕，就主动联系了我。”

赵伯明说："你把内幕全都告诉他了？"

黄油说："当然没有啦，我什么都没告诉他，也懒得告诉他。我只是跟他说，我会保护他，让他安心地玩他的游戏。"

赵伯明说："不过这样看来，其实他现在已经知道很多事情了。"从和罗维的对话，赵伯明看得出来，罗维确实是个洞察力非常强的人。赵伯明内心庆幸着这个人不是自己的敌人。

赵伯明说："既然 1 号已经知道了郭少非是袭击宇杭的犯罪嫌疑人，或许我们可以让他来帮助我们，这也许是一个突破口！"

黄油说："哼，我可不想再跟那个人说话了。"

赵伯明笑了笑说："在那之前，我需要先去调查一下郭少非这几天去过的地方。你还记得他这几天都去过哪儿吗？"

黄油说："我是记得，但你要去调查什么呢？"

赵伯明说："明天早上开始行动吧，排查一下人质的位置。"

黄油说："好！"

番外三

突破

和黄油分开后，赵伯明马上就赶回了警局。

局长汪聘坐在办公室桌前，年轻的预备警员蔡俊正在向他汇报工作。

赵伯明匆忙地跑了进来：“汪局，我要报案，有人被绑架了！”

赵伯明向汪聘局长和蔡俊说明了他所知的全部信息。

10 分钟后。

赵伯明说：“这就是我从欧阳静音那儿打听到的全部消息。”

汪聘严肃地问道：“你确定她说的那个青年，名字叫郭少非？”

赵伯明说：“没错。”

汪聘紧锁眉头。

蔡俊疑惑地看着局长汪聘问：“汪局长怎么了？”

汪聘说：“看来他也是早有准备了。”

蔡俊说："难道你认识这个人？"

汪聘说："伯明，按正常情况，我应该马上立案，成立专案组去解救人质，但是现在我不能这么做。"

赵伯明和蔡俊一脸的困惑和惊异。

赵伯明说："汪局，到底发生什么事了？"

"你们俩先坐下来吧。"汪聘顿了顿。

赵伯明、蔡俊和汪聘都坐了下来。

汪聘说："是这样的，这个郭少非我确实认识，他有前科，两年前被放出来了。"

赵伯明说："他之前做过什么？"

汪聘说："他是个网络攻击者，俗称黑客。4年前，他受雇盗取了一家上市公司的机密资料，后来被抓住了，判了刑。"

赵伯明说："难怪他能这么快就盗取了周越平的账号。"

汪聘说："这件事虽然很丢脸，但我还是得跟你说实话——就在几天前，我们警局的数据库也被入侵了。"

蔡俊满脸震惊道："什么！我怎么不知道？"

赵伯明说："我也不知道。因为我们是预备警员吗？"

汪聘说："你们现在并不是正式警员，所以我没告诉你们。"

赵伯明说："所以这也是郭少非干的，对吗？"

汪聘说："我们查不到IP，但根据你刚刚说的，我现在基本可以肯定，就是郭少非干的。"

赵伯明说："这可不妙……他拿到写入的权限了吗？"

汪聘说："有。但是他并没有做其他的事，只是删掉了一个人的档案。”

赵伯明说：“如果我没猜错，这个人是周越平。”

汪聘说：“是的。”

赵伯明焦虑了起来，他低着头思考：“啧……这下找人质就更加困难了……”

蔡俊说：“虽然不能报案，但我们还是可以动用警力吧。”

汪聘摇了摇头说：“郭少非有我们全部警员的资料，我们没办法派便衣去调查人质的下落，他很有可能已经记住了我们所有警员的脸。”

蔡俊说：“这……难道我们什么事都做不了吗？”

“伯明，你听着。”汪聘坐直了身体，严肃地看着赵伯明，“警局现在能做的，就是等伯明你找到人质的地址后，全线出动解救人质，并捉拿郭少非。”

赵伯明说：“为什么是我？”

汪聘说：“原因有两个。第一，你并不是正式警员，所以你的资料并没有被记录在警队档案中，也就是说，郭少非并不认识你的脸。”

赵伯明说：“那第二个呢？”

汪聘说：“第二，你是密码游戏的玩家。”

赵伯明惊疑地看着汪聘。

汪聘说：“我们不能以警官的身份去调查人质，但是可以以玩家的身份去调查——因为这样，如果你被郭少非发现，他就不会认为你是来解救人质的，他会认为你是来寻找密码的。”

赵伯明说：“原来如此。”

汪聘说：“伯明，你现在是整个警局最适合去调查人质下落的人。”

赵伯明点了点头说：“我知道了，汪局。”

汪聘转过头对一旁的蔡俊说：“小蔡，你也是预备警员，所以你的照片也没有记录到警员档案中。”

蔡俊说：“我明白。我会好好协助伯明哥的。”

汪聘点了点头说：“这个任务，就交给你们了！记住，有任何线索，立刻向我汇报。”

“是！”赵伯明和蔡俊同时回答。

11 月 26 日，星期五，早上。

赵伯明和黄油来到了金安小区门口。

赵伯明说：“今天就从这个小区开始调查吧。郭少非就是住在这里对吧？”

黄油说：“是的。你昨天报案了吗？”

赵伯明说：“没有呢。”

黄油怀疑地看着赵伯明。

赵伯明说：“那么，快开始吧。”说完，两人一起走进了小区。

一个上午的时间，两人调查了郭少非这几天去过的所有地方，公寓、饭店、网吧、公园，甚至连甜品店旁的小巷子也去过了，但似乎找不到任何关于人质的线索。

赵伯明说：“人质果然并不在郭少非去过的地方。”

黄油说："接下来怎么办？"

赵伯明说："带我去人质的住所看看。"

两人开车来到了周越平的住所——一栋老旧的居民楼。

没有电梯。当两人就要爬到5楼时，一个女人满面愁容地从楼上走下来。

赵伯明说："美女，请等一下。"

女人转过头问："你是？"

"你好。"赵伯明习惯性地准备掏出证件，又马上把手收了回来，"请问你是来找周越平的吗？"

女人点了点头问："你们也是来找他的吗？"

赵伯明说："对，我们是他的朋友。"

女人说："哦哦，是这样。我是他的同事，我看他好几天没来上班了，也联系不到他，所以就过来看看。但他好像不在家，我正担心他会不会出什么事了……"

黄油马上向赵伯明使了个眼色。

赵伯明说："没事的，他最近失恋了，所以去乡下散心去了。"

女人说："原来是这样啊，没事就好。真是的，也不说一声，害我们都在担心他……那你们是来做什么的呢？"

赵伯明说："我们是受他的委托来取快递的，顺便帮他看看门有没有锁紧。"

女人说："哦哦，好吧。"

赵伯明说："你说你是周越平的同事？"

女人说："对啊！"

赵伯明说："请问一下，周越平他现在在哪里上班呢？其实我们对他目前的境况也不是很了解……"

经过一番套话，赵伯明直接拿到了周越平的简历。

晚上 7 点 30 分，街边。

黄油说："他 25 岁，影视编剧，M 大毕业。还是没有头像。"

赵伯明说："先把资料收起来吧。"

黄油说："可惜啊，忙了一天，只弄到这点资料。"

赵伯明笑了笑："我觉得应该不止。"

黄油说："你还找到了什么？"

赵伯明把周越平的资料收入了档案袋，在路边的长椅上坐了下来。

赵伯明说："你没有发现什么吗？"

黄油说："什么啊？别卖关子了啊，快说快说！"

赵伯明说："好好。你仔细想想，在你跟踪他的这段时间，他做过什么不寻常的举动吗？"

黄油说："根本没有啊！所以我才来找你帮忙。"

赵伯明说："郭少非的确是个经验丰富的罪犯。我们沿着他的行踪调查了一天也找不到任何有关人质的线索，说明他很有可能已经把人质交给了别人。"

黄油说："你是说，他还有同伙？"

赵伯明说："没错。而且你不觉得奇怪吗？"

黄油说："奇怪？"

赵伯明说："你昨天明明已经跟丢了，不久后却又找到了他，这可能吗？"

黄油目瞪口呆地看着赵伯明说："你是想说……他是故意让我找到他的？"

赵伯明说："他很有可能早就发现你在跟踪他了。你越是盯着他，人质的位置就越不容易被暴露。他也很清楚这一点，所以才会一直让你盯着他。"

黄油说："这么说的话，好像的确如此。我好几次感觉他已经看到我了，却没任何反应，我还庆幸没有暴露。既然他把人质交给了同伙，那我们不是连入手的地方都没了吗？"

赵伯明说："并不会，现在还有最后一个突破口。"

黄油说："在哪儿？"

赵伯明说："就是你唯一跟丢他的那一次。"

黄油说："是新马高架！"

赵伯明说："他从消失到重新出现一共花了 15 分钟，对吗？"

黄油说："没错。"

赵伯明说："这说明两点。第一，他如果想甩开你随时都可以甩开。第二，他要去做一件不想让你知道的事。"

黄油说："不想让我知道的事……是什么？"

赵伯明说："他在知道你正在跟踪他的情况下仍然去对宇杭行凶，说明对他来说，连行凶的事暴露给你都无所谓。然而却一定要选在你看不到的地方去做另一件事，说明他认为这件事一定比行凶更加不能暴露。我想这件事一定和人质有关。"

黄油说："他去见那个同伴了，对吗？"

赵伯明说："非常有可能！"

黄油说："原来这就是你说的突破口……可我们要怎样才能找到这个人呢？"

赵伯明说："看过的监控全都没有拍到郭少非，去问路人的话机会也非常渺茫，郭少非一定不会告诉林中寒这些事情……最快的方法，就是让郭少非自己说出来。"

黄油说："你要套那个家伙的话？他可是郭少非啊！"

两人沉默了一会儿。

赵伯明说："虽然很不愿意，但现在只有一个办法了。"

黄油说："什么办法？"

赵伯明说："找其他的玩家帮忙。"

黄油说："其他玩家？谁？"

赵伯明拿出了手机，给罗维发了一条信息。

六明：想要7号的数字吗？

番外四

合作

晚上，某小区门口。赵伯明将他的计划和安排阐述给了叶文美和罗维，两人都同意了。

叶文美说："没问题了。那么明天见咯！"说完，叶文美就离开了。

赵伯明拿出了烟盒说："怎么样？没有问题的话就明天见吧。"

罗维说："赵警官，这可是绑架案。"

赵伯明说："怎么？你想问什么？"

罗维说："难道你不打算报案吗？解救人质这种事，为什么要交给我们这种平民？"

赵伯明笑了笑，将烟叼在了嘴里说："我是为了跟你们合作啊！如果惊动了警方，恐怕整个密码游戏都会被迫中止。为了跟你们合作，我是不会报案的。你们应该不希望整个密码游戏被中止吧。"

罗维说："真的是这个原因吗？"

“当然。”赵伯明摸着全身的口袋找着打火机。

罗维突然笑起来说：“哈哈，赵警官，虽然我不知道真正的原因是什么，但很明显，一定不是这个。”

赵伯明说：“为什么？”

罗维说：“眼睛往上看说明你在编造谎言，你说的话有很多重复的地方，这都是说谎的征兆。”

赵伯明说：“你这个家伙……”

“我是专业的谎言分析师。当然，请不要告诉其他人。”说着，罗维掏出一个打火机，帮赵伯明点燃了烟头。

赵伯明无奈地把警局数据库被入侵的事告诉了罗维。

赵伯明说：“这件事麻烦你也不要告诉任何人。”

罗维说：“没问题。既然我们互相交换了把柄，我觉得我们可以更进一步地合作。”

赵伯明说：“进一步合作？”

罗维说：“明天如果套出了那个人，你打算怎么办？”

赵伯明说：“警局可以找到那个人的行踪，我会根据那个人的行动路线找到人质被困的位置。”

罗维凑近小声地说：“你知道，我不想让那个女人比我先见到真正的 7 号。”

赵伯明说：“你想要我做什么？”

罗维说：“很简单，把送饭人的行踪告诉我，我去帮你打听人质的位置。”

赵伯明说：“你真的可以吗？”

罗维说："我去打听，没人可以骗得了我。"

赵伯明："……"

罗维说："同时呢，我不知道郭少非什么时候会出现，因此我需要你跟在我身后保护我的安全。"

赵伯明说："如果我拒绝，你就会把警局数据库被入侵的事公开，对吗？"

罗维笑着说："我可没这么说。"

赵伯明思考了一会儿，说道："好，我知道了。我同意你的计划。"

罗维突然一脸诧异。

赵伯明说："怎么了？"

罗维说："没什么，只是没想到你这么快就答应了，这可不太符合你一贯正派清高的作风。"

赵伯明也微笑地说："我同意你并不是怕你暴露警方的秘密。我刚刚已经考虑过了，你这个方法的确能更有效地找出人质的位置，所以我才会同意的。"

罗维说："不愧是赵警官。"

罗维真心佩服赵伯明身上那种理性的正义感，这是罗维从来没有过的东西。这让罗维对刚刚自己说的话感到了一丝丝的愧疚。

和罗维道别后，赵伯明又回到了警局。

蔡俊说："伯明哥，我已经按你的吩咐，调取了这几天金安小区和附近街道的所有监控录像，根本找不到郭少非的人影。"

赵伯明说："郭少非对身边的监控都了如指掌，这也是意料之中的事。"

蔡俊说："现在怎么办？还有什么办法能找到周越平吗？"

赵伯明说："现在只能看明天的计划能不能顺利进行了。在那之前，我们还要做一些准备。"

蔡俊说："什么准备？"

赵伯明说："郭少非刚来这个城市不久，认识的人一定不多。调查一下郭少非可能会接触的人，比如他以前的家人、同伙，还有林忠寒和他的家人、朋友——那个送饭的人一定就在这些人之中！"

蔡俊说："好，知道了，我马上去做！"

赵伯明说："还有，周越平在车上还能发消息，说明他之后也有可能会找到机会报警，虽然可能性很小。查一下从绑架开始到现在，我们有没有接到过可疑的报警电话。"

蔡俊说："是！"

凌晨 4 点。蔡俊已经躺在沙发上睡着了，赵伯明仍在翻阅着档案。大量的咖啡因充斥着赵伯明的大脑，却依旧抵挡不住阵阵困意的入侵。调查毫无进展，心烦意乱的赵伯明也疲惫地靠在了椅背上。电脑上突然传来了消息提示。

廖嘉妍：还在加班吗？

廖嘉妍的一条消息把赵伯明的焦虑和困意一扫而空。赵伯明这时才发现自己的账号一直在线。

六明：这么晚还不睡?

廖嘉妍：我准备睡了。

廖嘉妍：你也早点儿休息。

赵伯明内心：本以为跟廖嘉妍已经彻底没戏了。那次史上最尴尬的约会想必让她对我的好感也荡然无存。想不到她不仅没把我拉黑，竟然还主动和我说话了！这么好的机会一定要好好把握！

六明：上次真的对不起，作为道歉，我想请你吃个饭。可以再给我一次机会吗?

并没有得到廖嘉妍的回复。赵伯明叹了口气，默默地关上电脑睡着了。

11月27日，星期六，下午2点30分。罗维和叶文美顺利地在茶会上套出了送饭人的信息。

刚刚睡醒的赵伯明收到了蔡俊的消息。

林忠寒的妻子，谢云，33岁，从11月23日开始，每天下午5点30分都会乘坐出租车前往福园镇，并在晚上7点在福园镇临水乡下车，8点乘坐出租车返回市里。

随后，赵伯明打开同黄油的对话框。

六明：还在跟踪郭少非吗？

黄油：嗯。

黄油：这次绝对不会跟丢了。

六明：加油。

虽然鼓励着她，但赵伯明非常清楚，黄油很有可能再次暴露自己。当然，赵伯明本身也没指望黄油能胜任这个任务，派她去跟踪也只是为了适当限制一下郭少非的行动而已。

六明：还记得我昨天教你的跟踪技巧吗？

黄油：当然。

黄油：我早就装扮成男人了。

黄油：这个假发戴着真难受。

六明：是你头发太长了。

赵伯明关掉了手机，又拿出了周越平的档案袋审视起来，尽管他早已牢记住了上面的每一条信息。

不久，罗维和叶文美走了过来，毫不客气地上了赵伯明的车上，3 人交换了一下情报。

罗维说："福园镇这么大，你一个人怎么找？"

叶文美说："确实是这样，不如我们一起帮你找好了。"

赵伯明说："你们别帮倒忙就行了。"

赵伯明一脚把油门踩到了底。

下午 4 点。福园镇。赵伯明把车停在了路边，然后下了车。

赵伯明对着车里的罗维和叶文美说：“找到人质我会通知你们的。”然后朝着临水乡走了。

半小时后，赵伯明来到了临水乡的桥头，蔡俊早已在这里等候。

蔡俊说：“你真的相信那个罗维？”

赵伯明说：“我验证过很多次了，他的确有很强的测谎能力，而且他是个可以信任的人。这个任务就先交给他吧。”

蔡俊说：“我还是不放心啊！”

赵伯明说：“我让他去调查，不代表我们就可以闲着。我们这边也要一起调查。”

蔡俊说：“哈哈，双管齐下原来是这样，还是伯明大哥想得周到！”

赵伯明说：“等下罗维甩开叶文美就会过来，我们先行动吧，我去找路人打听，你去找监控。”

蔡俊说：“这地方这么偏，恐怕没有几个监控。”

赵伯明说：“至少时间还是很充裕的。”

1 小时后，赵伯明、蔡俊和罗维将收集到的情报会合，终于找到了谢云的目的地。

赵伯明和蔡俊坐在路边的麻将馆，用手机拨通了罗维的号码。

赵伯明说：“也就是说，人质在山上。”

罗维说：“根据山脚的小贩所说，谢云每天晚上都会来回经过他们那条街，那条街通往的就是山林中的荒废马路。”

赵伯明说：“我知道了。我们先休息一下。”

赵伯明挂掉了电话。

蔡俊说：“可是那座山那么大，怎么找啊？”

赵伯明说：“谢云每天来回经过那条街，上山和下山的时间间隔是 40 分钟，减去人质用餐的时间，谢云走到人质的位置所花的时间应该不超过 15 分钟，范围其实很小。”

蔡俊说：“那还等什么？现在就可以上去把人质救出来了呀！”蔡俊刚准备起身，赵伯明一个示意让他疑惑地坐了下来。

赵伯明问：“你不觉得奇怪吗？”

蔡俊反问：“怎么了？”

赵伯明说：“那条捷径。”

蔡俊说：“你说临江的那条浅水沟？”

赵伯明总感觉哪里不对劲。根据他们的调查，临江的浅水沟是通往山林的捷径，但卫星地图上并没有显示，赵伯明也没有把这个信息告诉罗维。

赵伯明说：“根据当地人的情报，如果走这条路上山，10 分钟就能走到山顶。如果谢云知道这条捷径……”

蔡俊说：“可谢云没走这条路啊！即便她知道有这么条路，但是还要经过一片水沟，她应该也不会走这里吧。”

“是吗？”赵伯明仍然思索着。

蔡俊说：“你想到什么可能性了吗？”

赵伯明摇了摇头说：“我有个打算。”

蔡俊说：“什么打算？”

赵伯明说："我想直接去问谢云。"

蔡俊说："你的意思是？"

赵伯明说："我们等到7点，谢云过来之后，我们直接拦住她。"

蔡俊说："那人质怎么办？"

赵伯明说："现在去救人质，万一被郭少非发现了，他一定会告诉谢云，那就没有机会找到她了。"

蔡俊说："被郭少非发现？他怎么会发现这里呢？"

赵伯明说："如果我是郭少非，我一定会在这里安插耳目，或者监视器。"

赵伯明脑中还有着另一种可怕的可能性。

蔡俊说："这……恐怕罗维不会同意吧，他可是急着想要7号的数字。"

赵伯明说："没关系。"说着，赵伯明又拨通了罗维的号码。

罗维说："休息好了吗？"

赵伯明说："罗维，我们等到7点再上去吧。我突然有些事要问谢云。"

罗维疑惑道："啊？"

经过一番交涉，罗维同意了赵伯明的计划，说："我知道了。那我就在进山的街道口这里等你的消息。"

赵伯明说："谢谢你的配合。"

罗维挂断了电话。

蔡俊说："真厉害，连罗维那家伙都被你说服了。"

赵伯明说："别拍马屁了，现在我们就在这里等着吧。"

番外五

追击

晚上7点。天色已经全黑。赵伯明和蔡俊两人戴着口罩，站在麻将馆的二楼。蔡俊正拿着望远镜看着临水乡桥头的方向。

蔡俊说：“已经7点了，怎么还没来？”

突然，赵伯明的手机收到了一条消息。

星氧：叶文美找到这里了！

赵伯明瞬间惊慌了起来，他刚想阻止罗维，这时罗维又发来两条消息。

星氧：我必须先上山了。

星氧：你快跟上来。

没想到叶文美一个人居然能找到人质的位置！赵伯明突然意识到自己低估了这个女人。

赵伯明说："蔡俊，你在这里守着谢云，我跟罗维上去。"

蔡俊说："好……等一下！你看！"

赵伯明接过蔡俊手中的望远镜，只见远处一辆出租车停在了临水乡的桥头——穿着紫色派克服的谢云提着袋子，从车上下来了！

赵伯明说："蔡俊，如果让你一个人去拦住谢云，你能做到吗？"

蔡俊说："天已经这么暗了，我也没有武器，一个人应该很难追到她。"

赵伯明说："的确。现在想要确保能够抓住她，只有两人同时拦住前后的路才行。"

蔡俊说："可我们都不知道她从哪条路上山，怎么能做到前后围住呢？"

赵伯明说："很简单。蔡俊，你去浅水沟的路上堵着，我去进山街上堵着，谁看见了谢云，立刻告诉对方。"

蔡俊说："原来如此！这样就能把谢云从前后拦住了！"

赵伯明说："对不起了罗维，但是没办法了……行动吧！"

没过多久。站在进山街道口的赵伯明收到了蔡俊的消息。

蔡俊：她走捷径了！

六明：拦住她！我马上到！

当赵伯明跑到浅水沟时，行色匆忙的谢云正好也从山上跑了下来。当谢云跑到水沟旁，她的高跟鞋突然断掉，身体一倾，朝着水沟倒了下去。赵伯明迅速飞奔过去，扶住了谢云的身体。这时，蔡俊也气喘吁吁地从山上赶了下来。

蔡俊说："总算抓住你了！"

赵伯明说："我们有几个问题想要问你，谢女士。"

谢云站稳了身体，狼狈地看着两人。

赵伯明严肃地看着谢云，问道："真正的人质并不在这里，对吗？"赵伯明说出了心中最害怕的可能。

蔡俊说："你说什么？！"

谢云低着头，没有回答。

蔡俊说："伯明哥你为什么这么说？"

赵伯明说："首先，你每天都穿着这件紫色的派克服，每次都在固定的位置下车。郭少非如果不想暴露你的行踪，一定不会让你犯这种错误。第二，你一直都知道这里有条捷径，而你每次都要从人多的街道口来回地走一遍，想必这么做的目的就是让那里的镇民注意到自己，好让调查者更加方便地找到所谓的人质。"

蔡俊说："原来如此！"

赵伯明说："因此，真正的人质一定不在这里。我说得没错吧，谢女士。"

蔡俊说："那留在这里的人又是谁呢？"

这时，赵伯明的电话响了起来，他马上接通。

黄油说："情况不妙！郭少非就在水塔旁！罗维可能有危险！

你快过来！”

赵伯明说：“你在哪儿？”

黄油说：“我在山上！”

“糟了！”万万没想到郭少非居然也跟了过来。为了抓谢云而没有履行保护罗维的约定，万一罗维出了事，要道歉的对象数都数不过来。

谢云抬起头说：“我知道水塔在哪儿，我带你上去吧。”

水塔旁，一声枪响，郭少非跪倒在了罗维面前——赵伯明终究还是成功阻止了郭少非。

罗维和叶文美离开后，黄油从一旁的树林中走了过来。

赵伯明说：“要不是你那个电话，我恐怕都来不及赶过来救罗维。”

黄油说：“毕竟我答应过星氧要保护他的。”

赵伯明说：“欸？你不是一直跟着郭少非吗？怎么他都到这里了才告诉我？”

黄油说：“我早就跟丢了。”

赵伯明说：“我估计也是。”

黄油说：“后来蔡俊把你们的目的地告诉了我，我就自己一个人跟过来了，然后就发现郭少非了。”

赵伯明说：“蔡俊？谁是蔡俊？”

黄油走向前对着赵伯明踢了一脚说：“装个屁啊！骗子！你向警局报案的事我早就知道了！”

赵伯明说：“啧，蔡俊这个内鬼。”

黄油说："我发现你现在讲话怎么有点像星氧了？"

赵伯明一时不知道怎么回答。

黄油说："密码游戏会中止吗？"

赵伯明说："既然郭少非已经落网，我想警方不会再管游戏的事了。"

黄油说："那太好了！终于抓到郭少非了，我的任务也完成了！"

赵伯明说："可是周越平还没找到呢。"

黄油说："犯罪嫌疑人都抓住了，直接问他不就可以了嘛！"

赵伯明转身看着倒在地上的郭少非问："你会说吗？"

郭少非闭口不言。赵伯明对黄油说："你看。"

黄油说："你这么问他当然不会说啦！他的目的就是让林忠寒赢得游戏。游戏结束前，他肯定不会轻易把 7 号交给我们。"

赵伯明说："等到游戏结束就晚了。"

黄油说："为什么？"

赵伯明说："真正的送饭人还没找到。本来的计划是先救出人质再抓郭少非。现在郭少非被抓了，如果真正的送饭人知道了这件事，周越平很可能还会有危险。"

黄油说："对噢！"

赵伯明说："必须要在那个人知道郭少非被抓这件事之前找出人质。"

黄油说："那……你打算怎么找？"

赵伯明摇了摇头说："先回局里吧。"

不久，救护车和警员赶到了现场。郭少非被抬上了救护车，谢云和狗巴被赵伯明和蔡俊带上了警车。

晚上 9 点，看守所。局长汪聘皱着眉头从审讯室走出来，点了一根烟。赵伯明走了过来。

汪聘摇了摇头说："郭少非和狗巴两个人什么都不说。"

赵伯明从口袋中掏出一张字条递给了汪聘说："可以试试打这个号码。"

汪聘看了看字条上的号码，疑惑地看着赵伯明问："这是谁的号码？"

赵伯明说："很有可能是真正的送饭人。"

汪聘惊愕地看着赵伯明。

躺在床上的罗维收到了 Viola 的消息。

Viola：打听到了。

Viola：警局的人说，谢云明天早上就会被释放。

星氧：多谢 [赞]。

Viola：你为什么不直接问赵伯明？

星氧：因为我想跟你说话。

Viola：你这样说有人会难过的。

星氧：开玩笑的。赵警官现在正忙着调查人质的下落，我不想打扰他。

Viola：你不想找人质了吗？

星氧：7 号的数字我已经知道了。

Viola：好吧。

星氧：谢谢你。

Viola：……

星氧：可以告诉我你的真实身份了吗？

Viola：自己想。

星氧：你是主办方的人吧。

Viola：为什么？

星氧：不然你为什么会帮我打听？

Viola：……我是以Viola的身份帮你，而不是以主办方的身份。我才不在乎你的输赢。

星氧：看来我猜得没错。你认识黄油吗？

Viola：不认识。

星氧：他是负责人吧，怎么可能不认识？你不是也在预选群吗？

Viola：不认识。

星氧：莫非你就是黄油？

Viola：……

星氧：哈哈。开玩笑。

Viola：滚。

汪聘回到警局，召集了警力，拨打了字条上的号码，并对号码进行了定位。

凌晨2点，专案组最终在一个报废车辆的回收厂找到了郭少非的绑匪同伙和真正的7号周越平，人质被成功解救。

番外六

咖啡

一个月后。赵伯明回到了游戏厅旁的咖啡店，坐在了廖嘉妍的面前。

廖嘉妍说："可是有件事我没搞懂。"

赵伯明说："什么事？"

廖嘉妍说："最后那个绑匪的电话号码是真的吗？"

赵伯明说："是真的啊！"

廖嘉妍说："你究竟是怎么弄到的？"

赵伯明笑了笑说："很简单，通过报警记录查到的。"

廖嘉妍说："报警记录？你是说，有人报警了？"

赵伯明说："嗯。那天我和我同事查了一晚上的报警通话记录才查到的。报警的人正是人质。"

廖嘉妍说："可既然他已经报警了，那第一个接到电话的接线员应该告诉你们啊？"

赵伯明说：“那是一个无声报警。从游戏开始到那天，警局一共接到了 800 多次无效报警，因此接线员当时根本没注意这条。”

廖嘉妍说：“为什么会是无声报警？”

赵伯明说：“人质悄悄拿到了绑匪的手机，而绑匪一直在他身边，因此他不能说话。但是报警是可以的，因为拨打报警电话是不需要解锁手机的。”

廖嘉妍说：“原来如此，那你又是怎么知道这个报警通话是人质打过来的呢？”

赵伯明说：“如果你是人质，电话打通后你会怎么做？”

廖嘉妍说：“嗯，我会发出其他的声音传达信息。”

赵伯明说：“比如呢？”

廖嘉妍说：“比如，敲击一段摩斯密码？”

赵伯明说：“难度太高了。”

廖嘉妍说：“那到底是什么啊？”

赵伯明说：“拨号。每个数字按键都有特有的音调，通过按键可以传达一串数字。”

廖嘉妍说：“对噢。那他拨的是什么数字？”

赵伯明说：“就是 407299，他自己的网名。”

廖嘉妍说：“原来是这样，厉害！不过这也只有你能解析出来了吧。”

赵伯明说：“我也是花了一个晚上的时间才找到的。”

廖嘉妍说：“想不到你还经历过这样的事情，简直就像小说里的剧情。”

赵伯明说："我也想不到你还会愿意跟我见面。"

廖嘉妍说："因为我想听你的解释。现在我都明白了。"

赵伯明说："谢谢你了，嘉妍。"

廖嘉妍说："而且上次的咖啡钱你都没付，怎么可能让你跑了。"

赵伯明说："哈哈，我可不会跑的。"

欠女孩儿咖啡钱不还，这种事可能也就罗维干得出了吧。赵伯明笑着想。